당신의 외로움을 응원합니다

———————————— 님께

———————————— 드림

# 우리는 모두
# 외로운
# 사람들이기에

아무도 오지 않아서 외롭대도 괜찮아

나겨울 에세이

채륜서

'외로움은 누구에게나 찾아오는 공평한 것' 그렇게 정의 내리며 살고 있지만 그렇다고 외로움을 늘 이기는 건 아닙니다. 질 때도 많아요. 하지만 가장 중요한 건 외로움에게 질 수도 있다는 걸 받아들이는 마음이 아닐까, 요즘 자주 생각합니다.

이 책에 담긴 글로 그 과정을 이야기하고 싶었어요. 외로움이 무엇인지 알고, 때론 모르고 싶고, 그러면서 이렇게 이기기도 하고 지기도 한다는 걸요. 어떤 이유로 만들어진 외로움이든 우리는 모두 원래 외로운 사람들이라는 것도요.

외로워도 열심히 사랑하고 또 살아가며 이 책을 펼쳐 주신 여러분께 언제나 존경을 표합니다. 그리고 외로움에게 져도 괜찮다는 걸 언제나 잊지 마시길 바라요.


봄의 문턱에서

나겨울

## ● 차례

## 01 나를 외로움에 가둔 건 내가 아닐까

## 02 종종 외롭다가 자주 그리워지곤 해

## 03 그럼에도 우리는 오늘을 살아야 하므로

<u>01</u>

나를
외로움에
가둔 건
내가
아닐까

사랑의 산물에 책임을 지는 것, 모든 일에 대가가 따르는 것. 이게 그냥 당연한 일일까. 신이 만들어 놓은 거겠지. 그냥 만들어진 당연한 이치가 아니라 계획이겠지. 모든게 만들어지기 위한, 가끔은 틀어지기 위한. 수많은 상처가 생겨난 이유도 어떤 이는 그 일을 잊고 살 수 있는 것도 신의 계획이겠지. 운명처럼 받아들이는 것도, 새카맣게 잊을 수 있는 것도 우리 삶에 대한 계획 중 일부인 거겠지.

신을 믿는 게 나약하기 때문이라는 이유를 대며 십자

가에 등을 돌렸던 내가 부끄러워질 때가 있었다. 신이 준 계획에 우리가 늘 변수를 만들어 아프게 했다는 생각에 죄책감을 가진 때가 있었다. 그럼에도 신은 계획과 다르게 흘러가는 것을 보고 당황하지 않았을 거다.

언제나 당황하는 것은 우리였다. 주어진 것도, 바꿀 수 있는 것도 믿지 못해서. 신의 존재뿐만 아니라 우리 자신도 믿지 않아서.

기다림을
미워했다

예전부터 기다리는 걸 무척 싫어했다. 기다림의 장점 같은 건 생각해보지 못했고, 내가 하는 모든 기다림은 아름답지 않고 지겹다고만 생각했다. 나에게 있어 기다림이란, 그저 서럽고 하기 싫은 일이었던 거다. 그런 이유로 먹는 걸 좋아하고 중요하게 생각하지만 가게 앞에서 오랫동안 기다려야 하는 맛집에 줄을 서지 않고, 기다리고 싶지 않아도 기다리게 되는 연락이 있는 날에는 휴대폰이라는 사물 자체를 싫어하기도 했다.

그런데 요즘은 그런 기다림에 대한 대처방법이 조금 달라졌다. 우선 메시지 알림을 꺼놓는다. 문자가 와도 잠금 화면에 뜨지 않도록 말이다. 꽤 오래됐는데, 생각보다 더 편하다. 카카오톡이라는 어플에 쓰는 시간이 줄었을 뿐만 아니라 연락과 기다림에 대한 스트레스도 적고, 생각이 날 때만 들어가 보면 되니까 편리하다는 생각도 든다.

그런데 또 어떤 날은 알림이 울리지 않으니 자꾸만 들어가 보게 돼서, 이럴 거면 왜 알림을 꺼놨지 싶을 정도다. 막상 이미 와있는 메시지에는 하루 이상 답장을 안 하기도 하는데, 갑자기 빠른 답장을 받을 만한 연락 하나가 없는 게 허전하다고 해야 하나. 원래 없었는데 없어져서 허전하다고 말하는 것 같아 부끄럽지만 꼭 그런 느낌이다.

그래서 이제와 보니 그때의 나는 정말 기다림을 싫어했던 걸까 싶다. 스스로에게 '그래도 한 번 해봐.'라며 맛집에 줄을 서봤다면. 기다렸다가 받는 연락에 대한 행복을 느낄 수 있는 사람이었더라면. 그렇게까지 기다림을 싫어하지 않았을 수도 있겠다 싶은. 사람은 기다리지 않고는 무언가를 할 수 없다는 걸 이제 아니까. 기다림이 꼭 필요한 일을 전부 예외 시키며 살 수 없다는 것도 아니까.

　기다린다는 단어를 보기 싫어질 정도로 나를 기다리게 하는 게 많았어도 그토록 미워하지 않았다면, 나는 좀 덜 외로운 사람이 되었을까?

작별: 인사를 나누고 헤어짐. 또는 그 인사.

세상 모든 작별인사가 사라졌으면 좋겠다고 생각한 날이 있었다. 헤어짐은 도무지 내가 적응할 수 없는 거라는 생각이 들 정도로 작별도, 작별인사도 어려웠던 때. 하지만 그런 고통과는 무관하게 작별이라는 단어는 참 예쁘다. 쓰다듬고 싶어질 만큼, 애틋하게 다가온다. 누구도 대신해줄 수 없는 작별. 할 때마다 아픈, 발음 할 때마다 슬픈 그 단어를 아무도 내게 쓰지 않았으면 했다. 그리고는 누구도 떠

나지 않는 세상에서 살 수는 없을까, 그런 말도 안 되는 생
각을 했었다.

울고 싶은데 눈물이 안 나고 피곤한데 잠이 안 온다. 건조한 입술은 하도 뜯어서 피맛이 돌고 마음이 건조한 건 아무리 노력을 해도 그대로다. 아픈 것 같아서 몸을 짚어 본다. 특별히 어디가 아픈 것 같지는 않다. 좀 굶고 잠을 못 자면 막 유난을 떨었는데, 요즘은 왜 그러지 않을까. 변해 가는 모습이 마음에 들기도 하고 불만이 생기기도 한다. 지금 이대로도 괜찮은 걸까 생각해 보면 그건 아니다. 확실히 무언가 변해야겠는데 변해야겠다고 먹은 마음만 확실하다. 매일 다양한 꿈 내용처럼 잘 때도 쉬지 않고 생각을 하

는 것 같다. 그래서 과부하가 온 걸까. 세상이 아무리 좋아
졌대도 사람이든 기계든 고장을 피할 수는 없다.

　우리가 "세상 좋아졌다."라고 말하면 어른들은 "너희
가 살던 세상은 태어날 때부터 좋았어."라고 말한다. 물론
스마트폰 하나로 모든 걸 할 수 있는 그런 발전을 생각해보
면 맞지만, 아닌 부분도 많다. 그리고 우리는 그 아닌 부분
이 너무 커서 어쩔 줄 모르고 산다. 기계를 피해 도망가는
마음도 이해가 간다. 사람에게 필요한 건 세상이 좋아지는
것뿐만이 아니니까. 그렇다면 사람에게 가장 필요한 건 무
엇일까. 밥, 잠, 사랑 그런 걸까. 이 세 가지가 없으면 죽겠
다고 생각할 때가 자주 있었으니. 어디서 뭐든 할 수 있도
록 세상이 좋아져서 기다리지 않아도 되는 일이 늘었다. 그
럼에도, 그 수많은 발전 속에서도 기다려야만 해결이 되는
것이 있다. 그리고 밥, 잠, 사랑 그런 게 필요하다는 사실
또한 변하지 않는다.

　자신의 몸이 아파도 자식들 밥을 챙긴다고 나서는 할

머니를 보면서, 사람은 왜 꼭 삼시 세끼를 먹어야 해서 힘들게 만들까 그런 생각을 했다. 그리고 이어서 할머니가 차려주는 밥상에 앉아 나답지 않게 깨작이며, 밥을 먹지 않아도 되는 세상에 대해 상상했다. 알약 같은 게 개발돼서, 밥을 먹지 않아도 포만감을 느낄 수 있게 된다면 어떨까 하는 그런 상상을 말이다. 그러면 '우리 자식들 밥 차려 줘야지', '내가 아파도 이 한 몸 희생해서 죽을 때까지 따뜻한 밥 먹여야지' 하는 그런 생각까지는 할머니가 하지 않아도 되니까.

하지만 나는 밥을 아주 중요하게 생각하는 사람이다. 밥 먹자는 말에 언제든 설렐 정도로. 밥을 먹자는 말은 단순히 한 끼니를 먹자는 의미를 넘어선 말이라고 생각한다. 그러니 막상 그런 알약이 나온다면 세상의 발전이 우리의 따뜻함을 또 하나 가져갔구나 그렇게 생각할지도 모르겠다.

이렇게 말하고 보니 밥도 잠도 그리고 사랑도 어쩌면 한 맥락인 것만 같다. 살아가는 데에 꼭 필요한 것. 세상이 나날이 발전하고 따뜻함을 앗아간다고 하더라도 나만의 따뜻함으로 유지하고 싶은 것. 그리고 먹고사는 문제에 가장 큰 영향을 미치는 것. 요즘 밥도 잠도 사랑도 조금은 소홀히 했던 나는, 그냥 이런 생각을 해봤다. 살아가는 데에 꼭 필요한 세 가지가 충분한 날에는 하지 않을 생각을.

유난히 지친 하루 끝에는 이불의 포근함과 사람의 정이 그리워진다. 딱히 필요한 게 없고 그저 휴식이면 된다고 생각했었지만, 실은 뚜렷하게 그 두 가지가 그리웠던 거다. 구체적인 따뜻함, 확실한 행복을 주는 이불과 사람. 그 포근함과 정이 그리워서 온종일 물도 햇빛도 부족한 사람처럼 시들어 있었던 거다. 딱히 할 말이 있는 것도 아니지만 그냥 전화를 걸어서, 오늘 좀 외로웠다고 말할 사람이 필요했던 거다. 포근한 이불에 누워 그럴 수 있다면, 약간의 들뜬 기분이 부족한 오늘을 마저 채워줄 텐데, 라고 생각하면

서 라면 물을 맞춘다. 먹고 얼른 혼자라도 오늘을 위로받아
야겠다는 생각도 하면서.

익숙하면서도 도무지 적응되지 않는 것, 누구에게나
공평하게 찾아오지만 가끔은 유독 억울해지는 것이 바로
외로움이다. 오늘도 이불 하나만으로는 달래지지 않는 외
로움일 테니 책 어느 구절을 읽다가 취하듯 잠에 들어야지.

의심이 현실로 되지 않기를, 그저 나의 의심에서 그치기를 바랐다. 온종일 조용한 집에서 머릿속은 그렇게 시끄러웠다. 미리 걱정한다고 일어날 일이 바뀌는 것도, 상처를 받지 않는 것도 아닌데 가끔 이렇게 멍청한 일을 부지런히 하게 된다. 걱정이 앞서서 일을 그르치는 상상을 한다. 누군가와 멀어지는 것을 예측한다. 어긋나는 장면을 떠올려 본다.

충분히 피곤한 하루였다. 몸은 바쁘지 않은데 마음이

바빴으니, 금이 가는 것들의 선을 세어보다가 해가 저물었으니. 많은 의심 중에 사실이 되는 것도 있겠지만 그렇게 만들지 않기 위해 내일은 더 잘해보자고 다짐한다. 그런 다짐이라도 해본다. 더 최악인 것도 이해하며 살았으니 이 정도는 괜찮다고 다독여본다. 그렇게 불안을 잠재운다.

결국 사라질 것치고는, 사실이 아닌 것치고는 묵직하게 아프다.

요즘 당연하고도 익숙하게 쉬고 있는 숨이 불편하게 느껴졌다. 어느 공간에서도 편하게 숨 쉬지 못했다. 원인 모를 불안과 우울이 나를 덮쳤고, 거센 파도에 휩쓸린 해초가 되었다. 그렇게 혼자가 두려워진 어떤 밤, 우리는 나란히 누워 그런 이야기를 했다. '우리의 청춘은 왜 아프게 빛날까?' 하늘에 별은 없지만 우리는 서로를 봤다. 그리고 이어서 생각나는 말을 하나씩 꺼냈다. 공감하고 안도했다. 아주 조금씩 숨이 쉬어지는 것 같았다. 하지만 힘내고 있고, 괜찮아질 거라는 말은 하지 않았다. 이제는 스스로에게 그런 압박을 주는 것조차 조심스럽고 무의미하기에. 그저 당장 하고 싶은 게 있으면 하고, 먹고 싶은 게 생기면 먹고, 생각나는 걸 서로에게 바로 이야기할 수 있는 것으로 충분했다. 그 밤은 그랬다.

내 삶도 이대로 이렇다. 좋다고도 나쁘다고도 말할 수 없는 날들이 이어질 것이다. 말을 아끼고 시간을 아끼지 않을 것이다. 열정도, 활기도, 사랑도, 그 무엇도 충분하지는 않겠지만 나를 싫어하지 않는 것 그 하나를 해냈으면 좋겠다. 거창하게 빛나고 눈부시게 사랑스럽지 않아도 되니까, 그저 내가 발을 붙이고 지내는 공간이 편안했으면 좋겠다. 그것 하나로 다시 삶의 의미를 찾고 싶다. 필요 없는 수식어는 빼고 의미 없는 물건에 집착하지 않고. 아프게 빛나는 청춘을 원망하지 않는 일상으로, 나는 다시 바다가 되려 한다.

보고 있던 드라마가 끝날까 두려웠다. 다른 세계인 드라마가 끝나고 적막이 흐르면 내 세계에 집중하게 되니까. 그러다가 다음 화가 있는 걸 알고 안심했다. 마음이 뜨겁다. 뜨겁다가 어느 순간에는 얼음장처럼 차가워진다. 못다한 이야기가 온종일 몸속에서 맴돈다. 이제는 예전처럼 욱하지도 않는다. 화를 내는 방법을 까먹은 사람처럼 혼자 견딘다. 가끔은 아무 말도 하지 않는 게 이기는 거라는 생각이 든다. 몸속에서 그 모든 게 빠져나갈 때까지 기다리는 과정이 시작되었다. 매 순간 진지하고 싶지 않아서 쓸데없는 일을 구상한다. 핵심은 빼고 시시콜콜한 얘기를 나누는 통화를 오래 붙잡고 있으며, 내 생각을 끊어줄 오디오와 비디오를 하루 종일 켜둔다. 모든 게 마음 아프다는 말이 어려워서 하는 일이다.

언제부터 그런 사람이 됐을까. 이런 생각조차 오랜만이다. 나는 언제부터인지도 모르게 이런 사람이 되었다. 지고 이기는 게 중요하지 않고 마음이 뜨거워서 어쩔 줄 몰라 하면서도, 아무에게도 티를 내지 않는다. 빙빙 돌려서 이야기하다가도 싱거운 이야기라며 마무리 짓고 새벽에 모든 근심을 떠안아 글에 적는다. 혼자 해소시켜야 하는 감정에 충실한 사람이 되었다. 이렇게 변해버린 것에 좋거나 싫거나 하는 마음은 없다. 그저 내 마음이 많이 아픈 것이니 안쓰럽게 느껴질 뿐이다. 나조차도 전부 알아주지도 못하는 너덜너덜한 마음과 아프다는 말이 어려워서 아프다는 말빼고는 뭐든 하는 내가 안타까워서.

나는 많은 사람들의 마음을 책임지는 사람이면서도,

때로는 내 감정 하나 책임지기가 어려워서 발버둥 친다. 벗어나고 싶은 건지 더 갇혀있고 싶은 건지 모르는 멍청한 시간을 보낸다. 그러다가 그럴듯하고 어른스러운 하루를 보낸다. 오늘도 성공이다. 내가 정말 그런 사람인지, 그렇게 보이기 위해 애써서 완성된 건지 모르지만 하루를 잘 보냈다고 칭찬한다. 하지만 누구도 이런 삶을 거짓이라고 말할 수 없다. 관점에 따라 부정적으로도, 긍정적으로도 설명할 수 있는 게 삶이니까. 아무도 내 삶을 하찮다고 평가할 수 없으며, 그렇다고 대단하다며 치켜세우지도 않았으면 좋겠다. 늘 큰 바람은 비참함을 느끼게도 만들지만, 그럼에도 계속 바라고 싶어진다.

지금까지 이런 시간을 견디고 살아냈듯, 나는 지금도 모든 상처에 대해 극복 중이다. 나도 모르는 상처까지도 몸속에서 치유되고 있으리라 믿는다. 믿음을 배신하지 않고 어떤 날은 행복을 느끼고 크게 웃을 것이다. 그거면 된다. 다시 웃을 수 있는 날이 아무렇지도 않게 찾아오면 된다. 나는 그날을 위해 오늘을 버렸을지도 모르니까. 아무것도 모를 때는 예상 가능한 나에 대해 적어보는 게 도움이 된다. 확신이 없을 때 확신을 만들어보면 그게 진실이 될 때가 있다. 언제나 그렇듯 나는 나의 법칙대로 나아지고 있다. 퇴보 중인 게 아니라 한 걸음씩 천천히 나아가고 있다.

그러니 아프다는 말이 어려워도 괜찮다. 다른 말속에서 아픈 마음에 연고를 발라주고 견뎌냄으로써 나 자신에게 이해받을 수도 있을 테니까. 나를 이해해 주지 않는 사람이 있어도 다 괜찮다. 누군가에게는 도무지 이해받을 수 없는 사람이지만, 그것으로 내 삶에 대한 자격을 논할 수도 없다. 그저 마음 아프다는 말이 어려운 보통 사람일 뿐이니까. 이상한 것도 나쁜 것도 아니다.

시간이 지나면 이해할 수 있지 않을까 하고 기다렸다. 그렇게 기다려서 꾸역꾸역 이해를 했던 적도 많았다. 하지만 이제는 안다. 마음을 헤아리는데 시간보다는 마음이 더 필요하다는 걸. 시간이 주는 것은 그저 무뎌짐이라는 걸. 그러니 시간은 해결도 아닌 도움 정도겠다. 시간의 도움을 받아서 우리는 어떻게든 좀 더 무뎌지기 위해, 좀 덜 이해하기 위해 애쓴다. 하지만 어렴풋이 이해할 수 있을 것 같은 때 이상하게 마음이 가벼워지기도 한다. 마음을 넣어 볶고 튀기고 끓여서 다양한 요리를 만들고 그것을 하나하나

끼니로 때우며 사는 동안, 우리는 시간에 마음을 쓴 것이다. 그러니 내 마음도, 그 사람의 마음도 예전보다 더 헤아릴 수 있게 되는 것이다. 그래서 시간이 해결해 준다는 말이 아니라, 그 시간을 더 잘 애쓰고 버티는 사람이 쓰는 마음이 언젠가 극복한 시간으로 데려다준다고 이야기한다.

마음을 이해하는 데에 더 많은 마음이 필요한 것. 어쩌면 당연한 건데 그 사실 하나를 아는 데에 너무도 많은 시간을 썼다. 물론 낭비라고 생각하지는 않는다. 내가 보냈던 모든 시간이 낭비라고 생각하기 시작하면 숨이 막히는거니까. 나는 그저 좀 더 숨을 편하게 쉬고 살기 위해서 많은 시간을 쓴 것이라고 생각한다. 그리고 전부 이해받지 못한 나의 마음에 대해 떠올려본다. 사람은 사람에게 치유 받는다고 하지만, 나 자신을 이해해 주면서 받은 치유도 있다. 누구도 이해해 주지 못한 마음이 오랜 시간에 걸쳐 다시 한 번 나의 마음으로 거듭나는 것 말이다. 타인의 마음과 내 마음까지 이해하기 위해서 정말 오랜 시간을 들였고, 많은 마음을 썼다.

그래서 이제는 제법 나 자신이 '나'처럼 느껴진다. 마음을 쓰던 수많은 시간이 모여서 진짜 나를 만들어준 것이다. 누군가에게 '나 이 정도의 마음을 썼어. 하지만 너를 미워하지는 않아.'라고 말할 줄 아는 용기와 포용력도 생겼다. 마음, 이해, 시간. 이제는 이런 단어를 쓰면서 숨이 막히지도 않는다. 이렇게 우리는 사람으로 태어나서 '나다운 사람'으로 만들어지기 위해 피나는 노력을 해야 하는 게 아닐까. 평생을 가도 내가 진짜 어떤 사람인지 모르겠다는 책의 구절이 떠오른다. 어릴 때 읽은 그 소설이 정말이지 슬퍼서, 사실이 아니었으면 좋겠다고 생각했다. 피나는 노력을 통해서 자신이 진짜 어떤 사람인지 아는 것이 우리에게 주어진 임무 같은 거였으면 좋겠다고. 그리고 모두 진실된 삶 근처를 헤매다가 어느 날에는 나다운 나를 만나서 정착했으면 좋겠다고.

이해받지 못한 마음이 너무 많아서 응어리로 남아있는 사람들의 마음을 안다. 나는 왜 이렇게 타인에게 이해받기 어려운 사람일까 고민하는 그 시간들이 절대 헛된 게 아니라고 말해주고 싶다. 우리는 모두 나다운 내가 되기 위해서 노력하고 있고, 마음을 이해하기 위해 많은 마음을 쓰고 있다고. 그건 낭비도 아니고 헛된 시간도 아니라고. 지금 당장 숨이 막히더라도 포기하지 말자. 우리는 타인과 자신을 통해서 끊임없이 자신을 완성시켜 나가고 있고, 미성숙한 존재가 고귀하지 않은 존재는 아니라는 걸 배우고 있다. 그러니 우리의 마음을 위해서 더 많은 마음을 쓰자.

내가 아닌 내가 되면서
나는 완성된다

　　좋은 모습만 남기고 싶었던 때를 지나 차라리 나쁜 모습을 기억했으면 하던 때를 지나 무엇으로든 기억되고 싶은 시절이 왔다. 처음부터 예견되어 있듯이 차례대로 변하고 있다. 그래서 놀랍지도 않게 대단한 사랑을 한다. 이별이라고 할까 사랑이라고 할까 고민하던 때도 지났다. 뭐든 지나고도 한참 지났지만 여전히 정의내릴 수 없는 감정을 다발로 묶어 꽃병에 꽂는다. 집 안이 온통 꽃밭이다. 마음이 으스러졌다가 퍼즐로 맞춰진다. 퍼즐의 경계를 아프지 않냐며 섬세하게 더듬거리던 손가락의 주름마저도 선명하다. 그렇지만 주변에는 이제 그리 또렷하지도 흐릿하지도 않다고 설명한다.

처음이다. 이불 없이 보내는 여름밤이. 나는 어릴 때부터 지금껏 땀을 흘리면서도 이불을 배에 덮고 자는 아이였는데, 올해부터는 그 미련한 일을 그만두었다. 이유는 알 수 없다. 그저 집이 너무 한여름이라서, 배가 차갑지 않은 것 같아서, 뭐 그런 이유겠지. 알려고 하지 않으니 편안하다. 어떤 이의 마음도 말이다. 모든 것에 이유를 묻고 따지고 분석하는 일 따위를 그만 두니 고집스러운 습관도 버릴 수 있게 되었다. 나쁘다고 생각했던 습관을 버린다는 것은 은은한 미소가 지어지는 일이다. 토요일 밤이라 제법 시끄럽다. 열어놓은 창문 사이로 모기도 들어오고 소음도 들어온다. 어떤 이의 마음 빼고는 전부 들어온다. 여름의 불청객은 우리 집을 좋아한다.

나도 어떤 이가 외면했던 딱 그 시간만큼만 모른 척해보고 싶다. 무딘 채로 살고 싶다. 날을 세우는 것도 예민하게 생각하는 것도 이번 여름에는 하고 싶지 않다. 누구도 기다리고 싶지 않고 기다리게 하고 싶지 않다. 평온하고 잔잔하게 한강의 바람처럼 보내고 싶다. 올여름을 한 마디로 정의해줄 단어도 필요하지 않다. 어떤 것도 그립지 않고 외롭지 않고 슬프지 않아서 고로 아무것도 필요하지 않았으면 좋겠다. 바람이 많으니 바람처럼 흩어져 가을에 낙엽이 모일 때까지 그대로 있었으면 좋겠다.

어떤 날에는 세상에 예쁜 단어가 이렇게 많은가 싶고, 어떤 날에는 세상이 싫어질 정도로 미운 단어가 생긴다. 싫은 사람이 하는 모든 말이 싫어지는 것처럼, 모든 단어에 대한 생각도 내 마음이다. 특별히 미운 것도, 특별히 좋은 것도 모두 내 마음. 그러니 객관적으로 바라볼 수 없을 만큼 아팠던 말들도 때론 시간이 지난 후에 용서하고 살 수 있는 거겠지.

오늘도 용서하고 싶은 말이 있었다. 조용히 마음에

묻었지만, 시끄럽게 꺼내서 없애고 싶은 그런 말이 내게
도 있었다.

뭐든 원하면 하루 안에 가질 수 있다. 먼 거리를 다닐 교통수단도 다양하고, 먼 미래의 일까지 대비해서 다양한 걸 챙겨놓을 수도 있다. 빠르고 편리한 세상이다. 하지만 그래서 더 원하는 것을 제때 알 수 없는 세상이다. 모든 역설 중에 그게 유독 서글프다. 가져도 가진 것 같지 않다는 게, 버리려고 해도 진짜 무엇을 버려야 하는지 모른다는 게. 우리에게는 그걸 알아갈 시간이 수십 년이지만 당장의 몇 시간이 아파서 시계를 보고 있을 수 없다. 째깍째깍 소리에 심장이 깎이는 것만 같은 기분을 느끼니까.

머리로 살라고 했는데 여전히 가슴으로 산다. 나쁜 일이 아니라고 생각했지만 아픈 일이다. 그럼에도 더 많이 가지려고 벌고 쓰고 움직인다. 행복하지 않은 일을 성실하게 한 덕에 깎아나간 영혼은 바다를 가야만 볼 수 있다. 그곳에 가면 둥실둥실 여유롭게도 떠다니고 있다. 하루 안에 가질 수 있는 것들 중에 행복도 있기를 바라며, 오늘을 산다. 그렇게 내일을 기다리기 싫어하면서도 기다린다.

언제든 별을 볼 수 있어요

나는 사실 그렇게 희망적인 사람은 아니에요. 언제든 토라지고 기가 죽을 수 있어요. 살고 싶어 하는 마음이 반 뿐일 때도 있어요. 아무것도 하지 않고 무더위에 녹아내려 흐르고 싶다는 생각도 해요. 하지만 너무도 많은 걸 미워하 고 또 사랑해요. 그래서 생을 포기하지 않아요. 살아볼 이 유가 아직은 많은 것 같아서 스쳐 지나가는 인연 빼고는 모 두 붙잡아요. 감사한 일을 찾고, 내가 잘한 일을 찾아요. 세 상을 칭찬해 주고 나 자신도 칭찬해 줘야 하니까요. 괜한 일에 울지 않아요. 눈물을 닦을 힘으로 끼니를 챙겨 먹고 해야 할 일을 해요. 그리고 가끔은 내가 살길 바라는 사람들의 눈동자를 떠올려요. 그 안에 내가 담겼던 순간을, 우리가 비로소 하나였던 장면을 방 안에 띄워놔요. 그러면 별이 쏟아져요. 맑은 하늘이 아니어도 언제든 별을 볼 수 있어요. 더 살게 만들어주는 사람들만 있다면요.

평정심을 찾으려 노력한 하루였다. 그러다 문득, 잘 먹고 잘 사는 것은 왜 이렇게 어려운 걸까 싶었다. 매일 아등바등 노력해야 그나마 조금 평범한 사람처럼 보이는 것은 너무도 서럽다는 것을 세상 사람 모두가 알아줬으면 싶은 날이다. 빠르게, 많이 변하는 세상이라고 생각했지만 지겹도록 변하지 않는 것들이 있다. 그것이 잘 먹고 잘 살도록 만들어주기도 하고, 아무것도 바꿔놓지 못하기도 한다. 사는 건 원래 이런 것이라며 겨우겨우 평정심을 찾아서 쓸쓸한 집도 살 만하다고 느꼈는데, 매일이 괜찮다는 건 어려운 일이 맞았다. 나를 스쳐 지나가는 감정들과 여기 있다며 아는 척을 하는 감정들은 내가 어떻게 살고 있는지를 너무도 잘 보여준다. 그 적나라함에 더운 줄도 모르고 옷을 껴입게 된다. 집에서 꼭 그렇게, 꽁꽁 싸맨다.

잘 먹고 잘 사는 것처럼 보이는 많은 사람들 속에, 가끔은 나도 그런 사람이 된다는 것에, '이 정도면 됐겠지.'라고 생각하는 습관이 생겼다. 하지만 오늘처럼 가지고 있던 평정심이 모두 바닥나서 그 잔재조차 남아 있지 않은 날은 온갖 부분의 나를 들춰본다. 너무 배고파 빵을 훔친 장발장이 된 기분이다. 훔치고 싶었던 감정들을 바닥에 쏟아놓고 조립을 시작한다. 설명서에 나와 있지도 않은 그럴듯한 걸 만들 수 있다는 생각으로. 때로는 완성을 하고도 제 손으로 와르르 무너뜨리는 게 삶이라, 다시 평정심을 찾을 만한 것들을 찾는다. 안정감을 느낄 수 있는 행동과 말을 한다. 루틴에 있는 일중에 빠진 게 없나 살펴보고 해야 할 일을 한다.

평정심을 찾아야 하는 순간은 어쩌면 모든 날인데, 진

정으로 평정심이 찾아지는 날은 너무도 적다. 현실과 이상의 차이에서 우울함을 긁어낸다. 위로되기도 위로받기도 어려운 각박한 세상이라는 생각을 거두고 환한 달을 본다. 노래 가사처럼 다른 사람도 필요 없이 달이 가장 좋은 친구처럼 느껴지는 날이다. 어떤 날 중에 이런 날. 뭐든 너무도 가까이 있는 것 같다가도 너무 멀리 있는 날. 잘 먹고 잘 사는 것에 대해 끊임없이 고민하다가 평정심과 친구가 되지 못한 날. 언젠가는 이 모든 날도 잘 먹고 잘 살았던 날이라고 부를 수 있게 되기를 바라본다. 바라는 게 많아서 아프지만, 바라는 게 많기에 희망차다. 달이 더 차오르고 우리 집이 더 우리 집처럼 느껴졌으면 좋겠다. 우리는 사실 어디에서 숨 쉴지보다는 어떻게 숨 쉴지가 더 중요하고, 그런 이유로 집이 그저 부가적인 요소가 된다면 잘 먹고 잘 사는 나의 삶에도 가산점을 줄 수 있을 것이다.

엄마와 동생이 떠나고 아빠와 살아가는 삶은 늘 죽음과 가까웠다. 부족함 없이 잘해주려는 게 때로는 너무도 부담이 돼서 어떤 것도 잘하지 못하게 만들었다. 생명을 빚졌다는 느낌을 지울 수가 없어서 나의 삶을 온전히 살지 못했다. 많은 날이 그랬다. 그런 날에 대한 보상은 없다. 죽은 사람이 다시 살아올 수 없는 것처럼, 죄책감과 외로움은 온전히 하나의 인간이 견뎌내야 하는 것처럼, 보상이라고는 도무지 없는 삶이었다. 목숨을 겨우 테이프 같은 것으로 덕지덕지 붙여서 살았다. 떨어지려고 하면 접착력이 너무도 약한 테이프를 몇 개 찢어서 붙여놓고는 떨어지려고 할 때마다 그 일을 반복했다.

아빠의 삶도 그랬는지 물어본다면 분명 나에게는 아니라고 할 것이다. 내 앞에서는 티를 내지 않으려고 삼킨 말이 너무도 많다는 것을 안다. 아빠는 자신의 삶이 좋고 자신감이 넘치는 사람으로 보이길 원할 테니, 나는 아빠를 그렇게 봐주었다. 죽음이 가까이 있는 삶은 우리 부녀에게 비밀이다. 그래서 엄마와 동생의 이야기 또한 우리에게는 오랜 금기였고, 아빠는 내게 열심히 살라는 말을 자주 할 뿐이었다. 버리고 싶은 건지 버려지고 싶은 건지 모를 삶을 사는 동안에 엄마와 동생을 잊기도 했다. 생각이 나지 않을 만큼 행복하거나 생각이 나지 않을 만큼 불행한 순간이 있었기에 그럴 수 있었다.

捐命하다: 생목숨을 버리다

延命하다: 목숨을 겨우 이어 살아가다

'연명하다'에는 이렇게 두 가지의 뜻이 있다. 자살을 반대로 하면 살자인 것을 처음 알았을 때처럼 신선하고도 뭉클했다. 그리고 말로 설명하기 어려운 나머지 감정들이 똘똘 뭉쳐 내게 이런 글을 쓰게 했다. 목숨을 버리는 것과 이어 살아가는 것이 한 단어로 표현된다니, 삶만큼이나 아이러니이면서 운명이 깊다.

　살아가는 것과 죽어가는 것은 같은 말이다. 목숨을 버리는 것도 목숨을 이어 살아가는 것도 한 단어로 표현이 가능하다는 것을 알게 되고는 두 가지 모두가 더욱 운명처럼 느껴졌다. 그리고 언젠가는 테이프도 없이 끈질긴 접착력으로 그냥 살아남을 수 있지 않을까 하는 기대를 해본다. 우연히 살아남은 사람들은 계속해서 살아갈 방법을 모색해야 한다. 엄마와 동생이 할 수 없는 일을 아빠와 내가 남아서 하는 것이다. 살아가면서, 죽어가면서.

　삶이 아주 긴 긴 악몽이 되지 않기 위해 꿈을 꾼다. 밝고, 희망차고, 새롭고, 이로운. 그렇게 좋은 단어를 가득 붙

여서 현실을 가득 채우려고 한다. 죽음이 그림자처럼 드리
워도 미래를 도모한다. 연명하는 이유를 찾고 만들어 계속
이어간다.

꼭 지나고 나면 누군가로 인해 괴로웠던 것도 있지만 내가 더 그렇게 만든 부분이 보인다. 왜 좀 더 편하게 생각하지 못했을까, 긍정적으로 받아들이지 못했을까, 붙잡지 않고 보내주지 못했을까. 아니, 근데 나도 그때는 나만의 이유가 있었는데. 나라서 그 일을 더 키웠던 것 같기도 하고 오래 아파했던 것 같아서, 가끔은 나에게 미안하다. 누군가의 잘못에 내 판단이 더해져서 더 큰 불행을 만들었다는 죄책감이다. 그렇게 나를 가장 외롭게 만든 건 나 같아서, 누구를 탓할 수도 없는 날은 웃기가 힘들었다. 억지로도 웃을 수 없는 그런 날들을 모아보니 나는 나에게 너무도 많이 미안해하고 있었다.

가뜩이나 외로운 삶에, 나라도 내 잘못을 좀 감싸줄 걸 그랬다. 그때 나에게는 아무도 없었는데.

같은 생각을 할 것 같아서, 그런데 그 생각들이 싫어서, 내일이 오지 않았으면 하고 바랐던 때가 있었다. 아프려고 아픈 것도 아니지만 괜히 내 탓으로 돌릴 것 같아서 눈을 뜨기 싫은 때가 있었다. 정신이 깨어있지 않고 최대한, 몽롱한 상태에서 그런 날들이 하루빨리 지나가길 바랐다. 그때는 삶의 의미를 너무 자주 따져보고 별로인 나에게 실망하고 거창하지 않은 하루를 지겨워했다. 그런 날들의 반복.

하지만 그것 또한 의미가 있기를 바라면서 나에 대한

애틋함을 키워나갔다. 불안과 함께 피어나는 믿음치고는 제법 두터웠다. 그게 두꺼운 옷을 껴입는 것보다 든든하고 따뜻했다.

그리고 어쩌면 자신과의 신뢰는 그렇게 쌓는 게 아닐까. 온전히 믿어주지 못해서 미안한 마음과 그래도 잘 됐으면 하는 애틋함이 뭉쳐 만들어내는 것. 불안을 심어도 믿음이 피어나니까 얼마나 다행인가. 타인이 아닌 자신과의 관계에서는 그게 가능하다. 별로인 것을 심어서 그럴듯한 것을 만들어낼 수 있다. 그것 자체로 사람이 아름다움을 안다. 그리고 나 또한 아름다운 사람이라는 것을, 수없이 지는 것 중에 피워보고 나서 알았다.

먹는 걸 좋아하는 내가 먹어본 맛있는 게 많고, 아직 먹어보지 못한 게 많으니까. 오후의 햇살이 눈부시고 노을이 아름다우니까. 바다가 늘 그 자리에 있으니까. 세상에서 내가 가장 잘 됐으면 하는 할머니가 있으니까. 좋아하는 가수가 새 앨범을 냈으니까. 나를 걱정하고 지켜주는 내 사람들이 있으니까. 내가 써야 하는, 태어나지 않은 글이 많으니까. 아주 가끔 삶이 재밌기도 하고 소소한 행복을 느끼니까. 이뤄야 하는 꿈이 있으니까.

그래서 아직은 살고 싶고 또 살아야 하니까. 오늘도 나도 더 미워하지 말고 잠을 청해보기로 한다. 내일을 버티기로 나와 약속한다.

<u>02</u>

종종
외롭다가
자주
그리워
지곤 해

　　고향에서 보내는 3월의 어느 주말이었다. 그날 저녁
기차를 타고 서울로 돌아와야 했고, 시간이 좀 남으니 예전
에 필름을 종종 맡겼던 현상소를 오랜만에 들러봐야겠다는
생각이 들었다. 날씨도 좋으니 집에서부터 걸어서 출발했
다. 서울이 아닌 오래 살던 고향의 거리를 오랜만에 걸으니
기분이 묘하게 좋았다. 그렇게 걷다 보니 시간이 꽤 흘렀고
기차 시간을 생각해서 남은 거리는 택시를 타기로 했다. 택
시는 새 차처럼 깔끔했는데 아니나 다를까 아저씨가 차를
새로 뽑은 거라며 자랑을 늘어놓으셨다. 유쾌한 분이셨다.

나는 유난히 좋은 택시 기사분들을 많이 만나서 이야기를 듣고 가는 걸 좋아했는데 그날도 그랬다.

택시에서 내려 현상소에 필름을 맡기고 오늘은 서울로 돌아가야 해서 필름을 찾으러 못 오니까 파일만 보내 달라고 말했다. 아쉬움을 뒤로하고 현상소 근처의 택시 정류장으로 다시 걸어갔다. 맨 앞에 있는 택시에 탔는데 아까 이곳에 올 때 탔던 그 차였다. 기사님도 놀라셔서 뒤를 돌아보며 "아까 그 아가씨네?"라고 하셨다. 나도 반가운 친척을 만난 것처럼 웃음이 나왔다. '그러게요. 아저씨 또 만났네요, 우리.'

아저씨는 아까보다 더 신난 말투로 이번에는 자식들 자랑을 늘어놓으셨다. 자식들이 전부 취직도 잘하고 결혼도 잘해서 손자들이 많다고. 그래서 걱정이 하나도 없고 행복하다고 말씀하셨다. 그 순간 우리 아빠가 떠올랐다. 아빠도 누군가에게 설명할 때 행복하다는 말을 하는 사람일까. 내가 잘 돼서 뿌듯하다고 말하는 날이 올까. 그런 의미로 생각해보면 나는 아직 많이 부족한 것 같은데. 아빠는 나를 여전히 천방지축 어린 딸로 생각하고 매일 한다는 성공은 근처에도 못 갔으니까.

아빠에게 아무 걱정이 없는 것은 무엇일까. 내가 잘 되는 것일까. 평범한 가정을 만들어 큰 돈 걱정 없이 무난하고 편안하게 살면 그때는 아빠의 걱정도 사라지는 걸까. 아니면 내가 찢어지게 가난해도 행복하다고 웃는다면 아빠도 행복해지는 걸까. 기사님의 커져가는 자랑과 웃음에 문득 아빠의 행복이 듣고 싶어졌다. 하지만 가족끼리 행복을 묻는 질문은 쉽게 할 수 없다. 서로를 너무 잘 알기 때문에, 때로는 그만 아는 게 나을 것 같아서.

기사님을 만나기 전에도 그 시기에는 자식 농사를 잘 지어야 한다는 말을 한참 이해하는 중이었다. 동의하는 건 아니고, 이제 막 이해하기 시작했다. 각자의 행복에 서로의 행복이 더해지면 좋겠다는 내 가치관과 완전히 맞아떨어지는 말은 아니라서 그렇다. 가정의 평화가 개인의 행복에 지

대한 영향을 끼치는 건 사실이지만, 그것만이 자신의 인생을 가늠해보는 척도가 되지는 않았으면 해서 그렇다.

누군가의 큰 행복을 들으며 아빠의 걱정을 떠올렸던 날, 짐작하는 것만으로 쓸쓸하기도 하고 잠깐의 희망도 생겼다. 그리고 각자의 위치에서 열심히 살다 보면 언젠가는, 걱정하지 않아도 모두가 행복한 날이 오는 게 아닐까.

어릴 때 잠시 할머니와 살던 집을 떠나서 아빠가 새 가족을 이루고 싶어 하는 곳으로 들어간 적이 있었다. 그곳에는 나에게 친절하려고 애쓰던 아줌마와 나보다 한 살이 많은 언니, 나보다 한 살이 적은 동생이 있었는데, 결론부터 말하자면 그 사람들과 결국 가족이 되지는 못했다. 매일 밤마다 소리 지르고 싸우는 소리에 귀를 막으며 무서운 마음으로 잠을 청해야 했고, 형제가 없던 내게 갑자기 생긴 언니와 동생과 사는 건 너무도 낯선 일이었다. 나는 아빠의 전화 한 통으로 바람이 많이 불던 어떤 날에, 내 몸집만 한

캐리어를 끌고 다시 원래 살던 집으로 돌아갔다. 그날은 가장 좋아하던 옷을 입고 등교를 했었는데, 그날 이후로 난 그 옷을 다시는 입지 않았다.

대학교 1학년 때는 고향을 떠나 대구에서 학교를 다녔는데, 그렇게 하고 싶다고 말한 독립이 행복하지 않았다. 집밥이 너무 그리웠고 할머니가 보고 싶었고 가난한 타지 생활이 힘들기만 했다. 아빠는 공부에 집중하라며 방학이 되기 전까지 집에 올라오지 말라고 했고, 나는 주말마다 집으로 가서 가족들과 시간을 보내는 친구들이 너무도 부러웠다. 나도 분명 고향이 있는데, 우리 집이 있는데, 나를 기다리는 할머니가 있는데 그런 생각을 하면서 아빠를 원망했었다. 원망되는 일은 그것만이 아니기에 말로 표현하지는 않았지만. 그러다가 어느 날, 혼자 캔맥주를 홀짝 거리다가 할머니에게 안부 전화를 걸었다. 할머니 목소리를 들으면 눈물이 날 것 같아서 내가 더 떠들고 있는데, 그걸 눈치챘는지 힘들면 그냥 집에 오라고 하셨다.

사람들에게는 다 발음하는 것만으로 찡해지고 눈물이
나는 단어가 있다. 누군가의 이름, 혹은 호칭, 명칭. 그중에
서도 특히 엄마라는 단어는 입 밖으로 꺼내기 전부터 슬퍼
지는 이름이다. 그리고 모두에게 그런 엄마가 있다면 나에
게는 할머니가 있다. 어릴 때부터 온갖 불행을 다 때려 넣
은 것 같은 내 인생에 만약 할머니가 없었다면, 나는 지금
살아있지 않을 것이다. 옛날 한때 나의 소원처럼 증발해버
렸을지도 모른다. 학교에 가기 싫다고 하니 도시락을 싸
들고 같이 밥을 먹어주겠다고 한 우리 할머니, 집안 형편
이 어려워져도 어떻게든 피아노를 더 배울 수 있게 해 준
나의 할머니, 너무도 많은 걸 해주고도 넉넉하게 키우지
못했다고 외갓집에 보내야 했었다고 말한 나의 집이자 엄
마인 할머니.

생각해보면 내가 돌아갈 곳은 언제나 집이 아니라 '할
머니가 있는 곳'이었다. 우리 집에는, 내 방에는 생각하기
싫은 기억과 아픔이 많다. 이사를 가자고 투덜거리면서 그
이야기는 한 번도 하지 않았지만, 집이라는 공간이 주는 아

픔은 어린 내가 감당하기에 너무 어려웠다. 그땐 그랬다. 지금은 아빠에 대한 원망이 많이 줄었다. 어쩌면 가족이라는 이름으로 있기 때문에 용서한 척 살 수 있었던 것 같기도 하다. 시간은 많이 흘렀고, 아빠는 옛날보다 늙었고, 나는 성숙해졌다. 그 세 가지 조건이 모이니까 원망도 미움도 표현하지 않고 혼자 흘려보낼 줄 아는 사람이 되었다. 하지만 분명 더 많은 시간이 필요할 거다. 지금보다 더 많은 걸 이해하고 인정하고 받아들이며, 그땐 그랬었지 라고 더 자세히 말하려면.


요즘은 집에 가면 할머니와 아빠가 6시 내 고향을 보면서 먹고 싶은 걸 이야기하거나 여자 프로 배구 경기를 보면서 감탄사를 연발하는 걸 볼 수 있다. 얼핏 화목해 보이는 모습에 괜히 기분이 이상하다. 그러면 나는 그 사이에 들어가 앉는다. TV에 나오는 자막이 사라지기 전에 할머니가 다 못 읽으시면 그걸 읽어드리며 설명도 덧붙인다. 요즘에서야 조금 집을 집처럼 느끼는 것 같다. 내가 다시 서울로 떠나야 하는 요즘에서야, 우리 집이 주는 소중함과 따뜻함을 알 것 같다. 그래도 나는 할머니와의 약속을 지키기 위해 다시 적응되지 않는 서울로 가서 기를 쓰고 열심히 살 거고, 가끔 정말 집이라는 공간이 그리워지면 할머니가 있 는 곳으로 돌아갈 거다.

내가 존재의 이유를 계속 찾듯, 할머니가 존재하는 이유에 대해서도 상기시켜주고 싶었다. 사람은 그래야 더 살고 싶어지니까. 아니, 어쩌면 배운 게 많아서 좋겠다는 말과 식욕이 좋아서 좋겠다는 말 같은 걸 듣다 보니 내가 할머니의 행복을 방해한 것 같아 죄책감에서 나온 행동일지도 모르겠다. 그래서 전화를 걸 때마다 요즘 어떤 게 가장 즐거운지, 먹고 싶은 음식이 있는지, 가끔 안 하던 질문까지 던져봤지만 할머니는 늘 비슷한 대답을 하셨다. "재미있을 게 뭐가 있어." 존재하는 이유에 대해 찾고 싶지가 않은 건지, 의미 없는 일이라고 생각하는 건지 아무튼 그랬다. 그리고 나는 그런 할머니의 모습이 안타까워 마음이 계속 불편했다.

하지만 그건 내 마음이고 살기가 바쁘다는 이유로 어떤 날은 잊고 지내기도 했다. 그러다가 할머니의 시계가 흐르고 있는 게 다시 아깝게 느껴지는 날이 돌아온다. 흐르고 있는 시간에 내가 뭘 더 해줘야 할 것 같고, 물어봐야 할 것 같고. 이건 내 욕심인 걸까 싶으면서도 생각을 멈출 수는 없었다. 할머니의 하루하루가 재미없게 느껴질 것 같다는 생각을 버릴 수도 없다. '사는 게 다 그렇지.'라는 말이 할머니의 입 밖에서 나오면 유독 마음이 아파서 견딜 수가 없다.

내가 할 수 있는 일이 그렇게 질문을 던지는 것 말고 또 뭐가 있을까 생각했다. 할머니는 멀리 여행을 가는 것도 원하지 않으시고, 내게 사달라는 음식이 있는 것도 아니다. 돈을 들여서 해드리는 것 이외에 것을 떠올려 봐도 별다른 게 없었다. 할머니의 첫 마디는 늘 밥을 먹었냐는 것이다.

평소에 고민과 걱정도 모두 나를 비롯한 자식들에 대한 염려뿐이다. 그렇다고 내 기준에 좋은 일을 말해서 할머니가 웃으시는 것도 아니었다. 할머니의 웃음 포인트는 내가 이해할 수 없는 것에 있었다.

너무도 사랑하는 사람임에도 불구하고 아는 것이 많지 않다. 열렬히 사랑했던 연인보다도 오히려 할머니에 대해 잘 모른다. 나는 그 사실이 죄스러워서 전보다 더 많은 질문을 던지고 싶은 걸 수도 있겠다. 모르는 것과 아는 것 사이에서 슬퍼하면서 방법을 찾지 못하는 걸 수도 있겠다. 떠올려보면 할머니가 돌아가셨을 때의 이야기를 많이 한다. 나는 아무것도 하지 못할 것이고, 또 다음 생에는 내 엄마로 태어나 더 오래 함께하자는 말 같은 것을. 할머니를 위한 말이 아닌 할머니가 안 계실 때 나를 걱정하는 말들이다.

세상의 자식들은 모두 이기적이다. 너무도 많은 걸 받으면서 어떤 것을 줄지는 가끔 떠올린다. 내가 할머니에게 그런 것처럼 말이다. 해줄 수 없는 것과 사라진 후에 대한

다짐은 쉽게 하면서 당장 원하는 것을 떡하니 주지는 못한다. 내 행복이 할머니의 행복이라고 한다면, 그것 또한 나는 당장 이루어줄 수 없다. 모든 일에는 시간이 필요하다는 것을 안다. 그리고 이런 면에서는 정말이지 많은 시간이 필요하지 않았으면 한다.

앞으로도 나는 나와 할머니의 존재를 끊임없이 찾을 것이고, 의미 없어 보이는 질문이라고 할지라도 던질 것이다. 이기적인 자식이 할 수 있는 최선의 모든 것을 할 것이다. 나의 질문 앞에, 내가 챙기는 행복 앞에, 할머니가 조금이라도 좋은 걸 느끼기를 바라면서. 나와 다른 웃음 포인트여도 좋으니 그 웃음소리를 오래 들을 수 있도록, 나에 대해 안심할 수 있도록 그저 내가 여기서 열심히 사는 것. 그거면 된다고 하는 대답이 들리는 것만 같다. 나의 욕심이 아니길 바라본다.

작년 3월에 아빠랑 여행을 갔었다. 어릴 땐 아빠와 참 많이 놀러 다녔는데 이제는 서로 시간 맞추기가 어려워 겨우 떠난 거였다. 우리가 간 곳은 전라남도 서남부에 있는 강진군이었다. 여행지를 정하는 것부터 계획까지 모두 아빠의 몫이었고, 돈을 보태라는 말에 경비의 반을 내고 따라갔다. 강진은 생각보다 더 작았고, 그래서 좋았다. 사람이 많은 곳을 좋아하지 않아서 유명한 관광지보다는 휴식을 초점에 두고 싶었는데 그곳이 딱 그랬다. 차로 금방 휙 돌 수 있을 만큼 넓지 않지만 나름 바다도 있고 아기자기하게 가 볼 곳이 있었다. 2박 3일을 있는 동안 하루는 한옥에서 자고 하루는 캠핑카에서 잤다. 그쪽으로도 아빠와 취향이 맞아서 다행이었다.

하지만 너무 순조롭다 했다. 아빠와는 평소에 의견이 자주 충돌하는 편이었는데, 웬일로 잘 맞아서 이상하다 했다. 아빠는 고집이 세고 나도 그걸 닮았는지 어쨌는지 그런 편이다. 그 고집으로 인한 사건의 전말은 이렇다. 낮에는 야외 관광지를 둘러보고 저녁에는 당연히 밥을 먹어야 하니, 아빠에게 예약을 하자고 했다. 그러자 아빠는 예약 같은 건 안 해도 된다면서 극구 말렸다. 나는 예약을 해야 될 것 같다고, 해서 나쁠 것 없으니 하자고 했고 그렇게 몇 번 해도 된다 안 해도 된다 그런 실랑이를 벌이다가 결국 식당으로 가면서 전화를 하기로 결론이 났다. 그때 더 우기지 않았던 걸 후회할 일이 생길지 모르고.

그렇게 저녁 시간이 되고 식당에 거의 다 왔을 때쯤 전화를 거니 예약이 다 차서 식사를 할 수 없다는 대답이 돌아왔다. 그러자 아빠는 몇 군데를 더 찾아냈다면서 전화번호 목록을 보여주었다. 실은 그때 잠깐 짜증을 내고 싶었다. '거봐, 내가 예약해야 된다고 했잖아.'라고. 하지만 프린트를 해도 될 텐데 종이에 빼곡하게 직접 쓴 아빠의 글씨를 보자, 그 말이 나오지 않았다. 하려던 말을 삼키고 다른 식당에 전화를 걸었다. 그 사이에 식당이 모여 있는 동네에 도착을 해서 아빠는 주차를 했다. 아빠가 찾은 식당에 모두 전화를 걸었지만 예약이 다 차서 식사를 할 수 없다는 대답만이 돌아왔고, 급하게 스마트폰으로 찾은 식당들은 너무 비쌌다.

그사이 해는 지고 3월 초라서 겨울만큼은 아니지만 날씨가 제법 추웠다. 나는 배도 고팠고 식당을 찾아서 전화하는 것에 지친 터라, 아빠에게 내가 낼 테니 그냥 비싼 식당에 가자고 했다. 그러자 아빠는 그 근처를 가보면 더 식당이 있을 것 같다고 좀 더 걷자고 했다. 지금 생각해보면 살면서 그렇게 오랫동안 저녁 먹을 곳을 찾아 헤맨 적도 없었다. 아빠도 마음이 급한지 빠르게 걸어갔고 나는 아빠의 뒷모습을 보면서 따라 걷기에 바빴다. 이 글을 쓰려고 아빠에게 전화를 걸어서 "우리 강진 갔을 때, 결국 저녁 어디서 먹었지?"라고 물어봤다. 저녁 먹은 곳은 기억이 나지를 않고 아빠의 뒷모습을 보며 헤매던 것만 생각이 나서 말이다.

　"동네 어디 조그마한 식당이었잖아."라는 대답을 들으니 어렴풋이 그런 곳에 들어갔었던 것 같고, 조금씩 기억이 나기 시작했다. 아무 말 없이 밥만 먹었던 것 같다. 어릴 때부터 아빠는 그런 말이 없었다. '몰랐네.'와 같은 말. 물론 사과의 말도. 그런데 살다 보니 그런 말을 하는 부모는 많지 않다. 자식에게 못해줬던 마음은 가슴에 품고 오늘 더 잘하려고 하는지, 앞만 보고 챙기는 게 부모인 걸까. 그렇게 앞만 보고 걷던 아빠가 그날에는 미웠다. "춥지? 아빠가 빨리 찾아볼게."와 같은 말 한마디 없이 내내 빠른 걸음으로 걷기만 하는 아빠가 원망스러워서 툴툴대기도 했다. 자식은 그렇게 철저히 이기적인 사람들이라 자기 생각밖에 하지 않는다. 그래서 앞만 보고 걷는 걸음이 어떤 건지도 이렇게 나중에서야 안다. 그거 조금 고생시켰다고 미워하던 마음은 잊지 않으면서, 고마운 마음은 쉽게도 잊어버리는 그런 게 자식이라니. 부모의 마음을 전부 헤아리기에 우리는 아직도 너무 어리다.

외로움을
닮았네요

문득 묻고 싶어졌어요. 당신이 외로울 때는 언제인가요? 십 년이면 강산도 변한다고 하잖아요. 숲이 생기고 사라지고를 반복하고도 남는, 반백 년 이상을 살아온 건 어떤 느낌일까 궁금할 때가 있었어요. 그리고 그 긴 세월의 구석구석에 도사리고 있던 외로움을 어떻게 돌려 보냈는지도요. 이미 길을 잃었는데 더 헤매고 싶을 때가 있었을까요. 술에 취해 지나온 세월을 떠올리고 싶지 않은 날도 있었을까요. 인생이 다 잘 될 때도 있고 안 될 때도 있는 거지라며 스스로를 달랬던 순간도 있었겠죠. 가끔 당신이 무너지거나 다시 일어났을 모습을 상상했어요. 그리고 외로움에 대해 묻고 싶었어요. 어떻게 이겨냈는지, 혹시 아직 이겨내지 못했는지요.

한 번도 말로 꺼내지는 않았지만 이미 나에게 당신은 혼자가 익숙한 사람이 되었어요. 익숙하다 못해 외로움을 닮은 사람이요. 외로움 그 자체로 살다 보니 당신의 외로움에 대해 깊이 파고들지 않았어요. 어떤 게 당연한지 잊었던 것 같아요. 그래서 이제는 당신이 어느 지점에서 외로웠을지 자주 생각해요. 당신과 비슷한 외로움을 느끼고 있는 이제라도 어렴풋이 떠올려 봐요. 내가 아니어도 누군가는 알아줬으면 하는데, 사는 동안 그런 사람이 많았을까요. 적었을까요. 생각해보니 나는 이 질문에 대한 대답도 모르고 있네요.

그래도 당신이 외롭지 않았으면 하는 사람, 여기 있어요. 나는 앞으로 여기 계속 있으려고 해요. 외로움을 닮은 당신의 남은 생을 걱정하는 사람으로요. 드라마에 이런 대사가 나왔어요. 자식은 부모를 걱정하는 것이 아니라고. 가고 싶은 길을 가는 거라고. 나는 가고 싶은 길을 가면서 당신을 계속 걱정할게요. 내가 받았던 걱정만큼은 아니겠지만 그래도 남모르게 당신을 걱정하고 있는 사람 중에 꼭 나도 있을 거예요. 그러니 당신의 외로움을 누가 알아주지 않는다고 해서 살다가 문득 억울해하는 일이 없었으면 좋겠어요. 있겠지만, 그래도 없었으면 좋겠어요. 아니면 마음이 아플 거예요.

우리는 서로를 잘 몰라요. 생각하는 것보다 어쩌면 더 모를지도요. 함께 오랜 시간을 살았고 부딪혔고, 부대꼈고, 걱정도 했지만요. 하지만 무엇보다 서로가 잘 되길 바라는 사람이에요. 울고불고 화내고 소리 지르는 순간에도 아마 그랬을 테죠. 사랑하는 마음이 있으니 외로움에 대해서도 궁금한 거겠죠. 이런 내 마음은 살면서 천천히 전할게요. 급하지 않게 그럴 테니, 꼭 오래 살아주세요. 가끔은 나보다 더 오래 살았으면 하는 생각도 해요. 그럼 누가 더 슬플지 모르겠지만요. 당신은 농담으로 백 살까지 살 거라는 말을 하죠. 함께 웃었지만 그럴 수 있다면, 그랬으면 좋겠어요. 건강하게요.

　시간이 흐를수록 당신의 뒷모습은 더 외로움과 닮았어요. 외로움의 형상처럼 느낄 때, 그리고 비슷한 뒷모습을 버스나 길을 걷다 만나면 슬퍼지기도 해요. 늙는다는 건 무엇일까요. 늙어보지 않으면 모르는 걸까요. 어렴풋이 아는 것보다 더 좋은 걸까요, 슬픈 걸까요. 아무튼 나는 곱게 늙고 싶어요. 내가 그렇다면 당신이 덜 외로울 것 같아서요. 사방에서 외로움이 날아들 때 나라도 잘 살고 있으면, 그렇지 않을까요. 짐작이 맞았으면 좋겠어요. 다만 나도 외로움을 참지 못하고 터뜨려야 하는 어느 날, 이야기할게요. "나도 당신의 외로움을 닮았네요."

남은 생에도
너를 그리워할 거야

윤선이, 내 동생아. 나는 너를 자주 생각했었어. 고작 2년 남짓 살다가 간 너를, 얼굴 하나 목소리 하나 기억나지 않는 너를 말이야. 나와 한 살 차이밖에 나지 않으니 너도 어른이라고 불릴 만한 나이로 살고 있을 텐데 하는 상상도 수없이 했어. 친구들 이야기를 들어보니까 자매끼리는 어렸을 때 많이 싸운다는데, 우리도 그랬을까. 티격태격하다가 아무렇지 않았다는 듯 화해하고 함께 밥을 먹었을까. 평소에 미워하다가도 고민이 있을 땐 누구보다 서로의 이야기를 잘 들어줬을까. 우리는 얼굴형부터 많이 달랐다는

데, 커서도 왜 이렇게 다르게 생겼을까 생각하며 웃었을까. 그래, 우리도 눈을 맞추고 웃었겠지. 함께 자랐다면 서로의 소중함을 느끼지 못했겠지만 가끔 그렇게 서로를 보고 웃었을 거야.

살다 보니까 형제가 있는 친구들이 너무 부럽더라. 그래서 나도 동생이 있었는데, 동생과 함께 컸다면 어땠을까. 내 성격 중에 어떤 부분은 좀 달라졌을까. 그런 생각을 할 수밖에 없었어. 동생이 아니라 원수라고 말하는 친구들의 말에, 그래도 없는 것보단 있는 게 좋은 거라고 말하며 씁쓸하게 웃었어. 남들은 태어나 보니 있는 동생이었을 텐데, 나는 태어나 보니 사라져있는 동생이라서 물론 더 애틋하게 느껴지는 거겠지만.

윤선아, 내 동생아. 아빠도 할머니도 너를 잊고 살지는 않는 것 같아. 말은 하지 않지만 네가 살아있다면 어땠을까 분명 나보다 더 많이 상상했을 거야. 그러다가 살아야 하니까 애써 생각하지 않으려고 했겠지. 떠난 너를 계속 생각하면 괴로울 테니까. 그러니 아무도 그리워해주지 않는 생이라고 슬퍼하지 않았으면 좋겠어. 혹시라도 너를 잊고 산다면, 그건 다 살기 위해 그런 거야. 남겨진 사람은 원래 늘 이렇게 이기적일 수밖에 없어. 그래도 너는 그곳에서 엄마와 함께 있잖아. 그걸 늘 부러워했어. 그리고 나는 이곳에서 아빠와 함께 있어. 가끔 너를 그리워하면서.

지금 살고 있는 게 몇 번째 생인지도 모르고 그래서 나에게 다음 생이 있는지도 모르겠지만, 만약 다음 생이 내게 있다면 다시 너와 형제의 인연으로 만나고 싶어. 그땐 서로 커가는 모습을 보면서 평범한 자매로 살아가자. 서로를 의지하는 좋은 자매로, 부모님과 함께 화목한 가정에서 살아가자. 다음 생에서는 이게 우리의 과분한 꿈이 아니기를 바라보자. 우리도 그럴 자격이 있는 사람으로 태어나게 해달라고 기도해볼게.

윤선아, 내 동생아. 너의 이름 한자에 착할 선까지 있으니까 왠지 너는 정말 착한 동생이었을 것 같아. 나는 네

묫까지 열심히 살기 위해 부단히 노력하고 있어. 엄마와 너의 생을 상상하는 만큼 더 잘 살아야지 생각해. 네가 살고 싶었을, 너도 꼭 살고 싶었을 인생일 테니까. 가끔 못난 언니의 모습이 보여도 나를 믿어주라. 더 잘 살게. 네가 나를 봤을 때 형편없게 느끼지 않도록, 너를 생각했을 때 부끄럽지 않도록. 지켜봐 주라.

쉼 없이 일을 하고 사람들을 만나다가 집에서 며칠 혼자 쉴 수 있게 되었다. 새벽에 깨서 화장실에 한 번 갔다가 다시 잠에 들었고, 고양이가 우는소리에 아침에 한 번 깼다가 핸드폰으로 시간을 보고 다시 잠에 들었다. 정오가 지나서 비가 내리는 소리에 눈을 떴는데 더 자고 싶어서 그냥 눈을 감고 누워있었다. 이제는 일어날 시간이라는 듯 다시 잠이 오지 않았다. 암막 커튼을 걷고 2층 침대에서 내려왔다. 1층 책상에 있는 노트북을 켜고 영화를 재생했다. 몽롱한 기분이 가시지 않은 채로 커피포트에 보리를 넣어 물을 끓였다. 남은 물을 텀블러에 따르고 연기가 올라오는 보리차를 물통에 부어 냉장고에 넣었다. 새벽 배송으로 도착한 택배가 생각나서 현관문을 여니 생수가 잔뜩 쌓여있었다. 그것들을 안으로 들여놓고 다시 영화를 보기 시작했다. 시간이 좀 지난 후에 약간의 출출함이 느껴져서 라면 물을 올렸다. 라면으로 끼니를 때우고 나니 밖에 비가 그쳤는지 햇빛이 들어오기 시작했다. 샤워를 한 후에 서점에 다녀와야겠다는 생각이 들었다. 세탁기를 돌린 후 중고서점에 내놓을 책 몇 권을 골라 들고 걸어갔다. 책을 몇 권 팔고 또 몇 권 샀다. 직원분이 이 책을 사갈 독자에게 남길 말을 메모지에 적어달라고 했고, 나는 펜을 들고 한참을 서서 고민하다가 겨우 두 줄을 적었다. 그 메모가 책에 붙여지는 걸 보면서 문득 누가 저 책을 사갈까 궁금했다. 서점에서 나와 집으로 다시 걸어가는 길, 퇴근 시간인지 밖에 사람이 많아졌다. 습하고 더운 날씨 때문에 마스크 사이로 땀이 흘렀다.

집에 돌아와 세탁이 다 된 빨래를 건조대에 널고 밥을 했다. 바로 설거지를 하려다가 냉장고 안에 먹지 않는 반찬이 생각나서 전부 꺼내 버린 후 그것까지 함께 씻었다. 예능 프로그램에서 봤던 어떤 배우가 청소와 설거지를 하면 잡생각이 사라지고 기분이 좋아진다고 했던 말이 잠깐 떠올랐다. 설거지는 온수를 켜고 항상 뜨거운 물로 하는데 하고 나면 땀이 뚝뚝 떨어질 정도로 더워진다. 냉장고에 몇 가지 반찬을 꺼내서 아까 보던 영화를 다시 틀었다. 이 영화를 하루 종일 나눠서 보고 있는 탓에 해는 지는데 영화 속은 아직 낮이었다. 밥을 먹다가 너무 퍽퍽한 기분이 들어서 물을 부었다. 물에 말아서 먹는 건 오랜만이었다. 그때 그 아이가 자신은 밥을 물에 말아먹는 걸 좋아하지 않는다던 말이 떠올랐다. 영화는 귀가 들리지 않는 아빠와 들리고 말도 할 수 있는 보리라는 아이의 대화 장면이었는데 낚싯대를 앞에 두고 하는 둘의 이야기가 갑자기 너무도 슬퍼 눈물이 났다. 주인공은 분명 웃고 있었는데, 딱히 슬픈 이야기도 아니었는데, 그랬다. 정말 예고 없는 슬픔이었다. 사실은 울고 싶은 마음에 그 영화를 골랐을까. 이건 그 아이에게도 함께 보고 싶다고 말했던 영화인데. 그래서 하필 오늘 그 영화를 고른 걸까. 밥을 다 먹고 치우는데 카페와 음식점에서 코로나 집단감염이 자주 발생하고 있다는 재난문자가 왔고, 이번 주 마지막 글쓰기 수업 시간에 함께 식사를 하기로 했던 걸 취소해야겠다는 생각이 들었다. 단체 카톡 방에 문자를 보내고는 앉아서 글을 쓴다.

별일은 없는 아주 무난한 하루였다. 슬픔이 비집고 들어갈 틈을 주지 않으려고 혼자서 부지런을 떨었지만, 가끔 실패하기도 했던 그런 하루였다. 적당히 부지런하고 적당히 게으르기도 했던 것 같은데 나는 오늘 하루를 잘 보냈는지 모르겠다. 아침에 들었던 그 고양이 울음소리가 울려 퍼진다. 나 또한 아무도 모르게 울었다는 것을 겨우 이곳에 적는다.

내 기분과는 상관없이 봄은 눈치 없게 예쁘다. 너만큼이나 애틋하다.

마음처럼 되지 않는 날들에 너무도 활짝 피워버린 꽃들을 보고 있으면 기분이 이상하다. 멋대로 찾아온 계절, 함부로 피워버린 꽃, 그 모든 게 눈부시게 아름다워서. 내 마음과는 너무도 다르게.

하지만 어디 마음과 다른 게 계절과 꽃뿐인가.

나는 내일도 괜찮아질 수 있다는 희망을 품고 살 텐데. 모든 게 마음먹은 대로 될 것만 같아서 더 이상한 기분을 느낄 텐데. 이렇게 보내는 어느 하루에는 아름다움을 온전히 느낄 수 있으려나. 나는 이제 나보다 네가 더 애틋하다.

모든 건
때가 있다

몇 년 전, 부산에 출장을 갔다고 했다. 담장이 평범한 오르막길을 지나 어떤 아파트를 찾아가는데 마주한 풍경이 너무나 예뻤다고. 바다며 하늘이며 사진으로 담을 수 없을 만큼 아름다웠다고 했다. 그리고 거기서 내 생각이 났다고 했다. 나와 같이 그 풍경을 보면 좋겠다고.

몇 년이 지난 지금, 그 이야기를 듣고 있는 게 나는 좋았다. 그때, 그곳에, 그와 그 풍경을 보지 못해 거기서 내 생각이 났다는 말을 지금에야 들을 수 있는 거니까. 모든 건 때가 있다는 말을 믿는다. 지금 와서 이렇게 좋으려고 그때 내가 거기, 그와 같이 있지 않았나 보다.

집에서는 보리차를 마시지만, 밖에 나가면 카모마일 차를 시켜요. 불안을 진정시켜주는 효과가 있대요. 왠지 그 날에는 그런 효과가 필요할 것 같으니 카모마일을 주문해야겠어요. 방금 당신이 이미 내 앞에 앉아 있는 상상을 했어요. 볕이 좋은 오후 4시, 그 애매한 시간에 창문으로 햇빛이 들어오는 자리에 앉아 있다면 좋겠어요. 눈이 부시지 않을 정도로 따뜻하니까 나가서 걷자고 자연스럽게 말할 수 있도록요.

우리가 조금 떨어져 걷는 간격에 무언가 있을 것 같아요. 내가 느끼고 있는 감정을 당신도 느낀다면 내 눈을 보고 웃겠죠. 그럼 나는 덜컥 손을 잡을게요. 음, 그날이 되어봐야 알겠지만 내게 그런 용기가 생길 것 같아서요. 정확한 건 아니지만 지금만큼은 그래요. 아프지 않을 정도로만 불편한 신발을 신고 갈게요. 늘 신는 신발은 아주 편하지만 예쁘지는 않거든요. 예쁘게 보일 일이 많이 없었는데, 그날은 좀 그러고 싶을 것 같아요.

날리는 벚꽃잎을 함께 봐요. 떨어진다는 건 슬픈 일이지만, 그것조차 아름다울 거예요. 풍경이 달리 보이는 가장 좋은 방법은 좋아하는 사람과 걷는 거니까요.

## 화분도 사람도 사랑을 줘야 피어날 텐데

　우리 집에 살아 있는 생명이 나 말고도 또 있었으면 좋겠기에 식물을 키운다고 했었잖아. 그 화분에 벌써 꽃이 두 번이나 피었어. 내가 특별히 해 준 것도 없는데, 일주일에 한번 물이나 열심히 줬는데 말이야. 온도조차 잘 맞춰준 것 같지 않은데 꼭 어려운 상황을 헤쳐 나가며 사는 사람의 모습을 닮았더라. 나는 아직도 이렇게 같이 사는 생명에서 나의 모습을 봐. 가족들과 살 때처럼 말이야. 하지만 그때만큼 아프지는 않아. 몸도 마음도 잘 챙기는 중이야. 다들 그렇게 살라고 말하고, 나 또한 그렇게 사는 중이야. 아주 가끔은 엉망이 되고 싶고 아무것도 챙길 수 없는 상태가 되지만, 그건 누구나 그렇잖아. 다시 정신을 차리고 나아갈 힘만 있으면 되는 거잖아.

별게 다 어려웠던 내가, 글 쓰는 거 말고 아무것도 못 한다는 구박을 들으면서도 하나하나 해보려고 하고 있어. 신기하게 노력하는 만큼 되는 것 같기도 하고, 영영 내가 친해질 수 없을 것 같던 것들과도 익숙해지고 있어. 사람은 역시 적응을 하고 또 발전을 하나 봐. 그래서 늘 퇴보하기만 한다고 생각하는 사람들에게 힘을 주고 싶어. 그 사람들을 위한 문장을 매일 준비해. 요리를 할 때만큼 이 일에 여전히 설레고 책임감을 느껴. 하지만 화분에 물을 몇 번 주면 꽃이 피는지는 몰라. 그들에게 얼마나 많은 문장을 말해 줘야 괜찮아지는지도 늘 아는 건 아니야. 그리고 너에게 몇 번의 말을 걸어야 웃는지, 그건 더더욱 모르고. 하지만 나는 괜찮든 괜찮지 않던 늘 당신에게 편지를 써. 가끔은 이게 내가 피어날 수 있는 명분이 되기도 해.

화분도 사람도 사랑을 줘야 피어나는 거 알지? 그냥 물, 그냥 말 한마디에 무언가를 피워낼 수는 없어. 나는 이제 그것까지 알아. 하지만 계속해서 궁금해. 내 노력 밖의 일까지 탐내지 않겠다고 했지만 당신도 언젠가는 나로 인해 다시 사랑을 피울까 해서. 그럼 내가 꽃처럼 웃을 자신이 있거든. 어떤 사람은 한때를 평생 기억하고, 한 사람을 영원히 사랑해. 그리고 나는 그런 사람이자 언젠가 당신 사랑 한 줌에 하늘까지 커버릴 사람이야.

오전 4시부터 비가 온다고 하더라. 자기 전에 일기예보를 봤거든. 잠에 빠진 사이 밖에는 비가 내린다고 하니까, 나는 모르는 일인데 아는 일이 되어버렸네. 그 와중에 비 올 확률 100%라는 글자가 왜 이렇게 자신감이 있어 보이는지 모르겠어. 내 글을 읽을 때 그랬으면 좋겠다는 생각을 해. 갈수록 자신 있게 말할 수 있는 게 많이 없는 것 같아서. 다들 그런다는 사실에 그나마 위안 받고 사는 것 같아서.

너는 요즘 어떤 일이 자신 있어? 혼자 밥 먹는 일, 영화를 보는 일, 운동을 하는 일 그런 걸까. 나는 모르는 너의 일상이 가끔은 궁금해. 네가 하는 생각에 나는 없겠지만, 여전히 그래. 가끔은 너도 아무것도 자신이 없고 그래? 어떻게 행복해지는지도 모르겠고 그냥 하루하루 주어진 대로 살고 그러려나. 다들 그렇게 사니까, 너도 그게 당연하다고 믿을까.

알아, 우리의 영화는 모두 끝났다는 걸. 하지만 나는 아직 집에 가지 못했어. 비가 온다고 하니까 우산 챙겨. 너는 대수롭지 않게 생각하는 일이 나에게는 걱정스러운 일이고, 이런 마음은 모두 사랑에서 나온 거야. 오늘도 너를 사랑하는 일에는 자신이 있어. 이것도 말하자면 100%야.

　　울면서 듣고 싶은 노래의 모서리를 접어놨어요. 시간
되면 들러서 들어요. 듣다가 탐나면 들고 가도 괜찮아요.
나와 다른 부분에서 울컥해도 괜찮아요. 우리는 한때 같은
생각을 했잖아요. 너무도 다른 우리가 만나 하나가 되어봤
잖아요. 나는 사실 그걸로 충분한 것 같아요. 곰팡이가 피
어버린 마음을 꽃처럼 들고 있어 줬던 거 잊지 않을게요.
밤에 앉아있는데, 방 한쪽에서 빗소리가 나면 그게 나예요.
나는 장마로만 갈게요.

나를 사랑하지 않는 너는

사랑이 먼저라서 나는 너와 사랑에 빠졌고 깊은 늪에도 빠졌다. 진흙투성이가 된 채 걸어 나가는 너를 보면서 나는 더 깊게 가라앉았다. 너는 가끔 나의 깊이를 보러 왔었다. 그리고는 처음보다 수월하게 갔다. 더 말끔한 모습으로, 깔끔한 마음으로. 나는 그래서 너의 겉과 속을 모두 안다. 나를 사랑하지 않는 너의 모습은 멀쩡해서 다 알아볼 수가 있다. 나를 사랑하지 않는 너는 너무도 투명하다.

　네가 낮은 목소리로 말할 때 나는 심장이 내려앉았다. 고심하는 모습은 없었지만 일부러 다정하게 고른 듯한 단어들이 좋았다. 우리의 걸음과 걸음 사이에는 바람이 불었고, 그런 너의 말과 말 사이의 간격에 눕고 싶었다. 서로를 미워하던 시간마저 사실은 모두 애정이었다고 생각하면 울고 싶었다. 사는 건 치사하고 억울한 일이라고 말했지만 너와 사는 날들은 하나도 그렇지가 않았다. 그 하나의 사실이 너무도 중요해서 지금껏 네가 없는 세상에서 매번 도망쳤다.

어떤 사랑은 잊을 수도, 끝낼 수도, 버릴 수도 없다. 그 단 하나의 사실을 이해해 주는 사람이 없다고 하더라도 달라지지 않는다. 사랑은 어떤 세상을 만나더라도 지속 가능한 것이고, 너 또한 나를 한 시절 사랑했다는 것으로 나는 모든 계절의 너를 사랑한다. 이건 내가 배운, 내가 아는, 내가 할 수 있는 사랑이다. 그리고 가끔은 너도 할 수 있다. 그 가끔을 기다리며 자리를 지킨다.

요즘은 먹어도 계속 허전한 기분이 들어. 《먹을 때마다 나는 우울해진다》라는 책을 읽으면서 자책도 가끔 하게 돼. 뭔가를 매일 열심히는 하는데 이게 맞는 건지 몰라서 그런 걸까. 헛헛한 마음이 메꿔지지 않는데 자꾸만 먹는 걸로 때우게 돼. 할 일을 다 하고, 하고 싶은 일까지 해도 아주 조금 남아있는 곳은 먹는 걸로 채워지는 게 아닌데 말이야. 이미 나는 그걸 알고 있어서 더 씁쓸해지는 것 같아. 알아도 안되는 게 있잖아. 의연해지지 못하고 계속 앓게 되는 것도 있고.

그래, 차라리 너도 먹고사는 게 힘들어서 내 생각을 할 겨를이 없었다고 하면 너를 이해할 수 있을지도 모르겠다. 나도 사는 게 바빠서 네 생각을 일상의 어느 틈에 끼워두고 가끔만 하는 거면, 너를 잊었다고 말할 수 있을지도 모르고. 하지만 그게 아닌걸. 어떤 것으로도 채울 수 없는 것은 네 빈자리인 탓도 있는 거잖아. 그렇지만 너는 아니라고 그런 빈자리는 채울 수 있는 방법이 많다고 말할 거잖아. 그래서 나를 또 저만치는 밀어내겠지.

외롭다, 외로워. 나는 계속 남겨진 너의 빈자리를 보고 살아가며 음식으로 채우려고 하는 나를 한심하게 생각하겠지. 아기 다루듯 섬세하게 마음을 달래보려고 해도 실패하겠지. 할 수 있는 게 많은데 그 많은 일이 다 위로가 안 될 때 나는 종종 무너지게 돼. 어떤 것도 쉽게 손에 잡히지 않는데 그나마 잡힌 것들이 나를 옥죄기도 해. 그래서 외로워. 소리 내서 외롭다고 말하려다가 그 많은 것들과 함께 그냥 삼켜. 나는 요즘 내가 좀 별로야.

너를 너무 오래 그리워해서, 내가 좀 지친 거겠지? 모든 일이 잘 되어가다가도 균열이 생기니까, 부서지지 않기 위해 테이프라도 붙여야 하니까, 그런 아슬아슬한 게 싫은 거겠지? 안정된 삶을 살고 있다고 생각했는데 가끔은 내 결핍이 밤하늘에 별처럼 환하게 눈에 띄더라. 가족들과 매일 통화를 하고 친구들과 매일 문자를 주고받지만 이런 얘기는 하지 못했어. 이것도 다 그런 거 맞지? 알면서 너에게 묻고 싶어져.

자고 일어났는데 정신 차리고 보니 이런 편지를 쓰고 있더라. 다시 자고 나면 괜찮아질 거라고 말해주라. 네가 잘 자라고 말해주던 때로 돌아가 꿈을 꾸고 싶어. 그때의 나는 지금보다 알고 있는 게 많지 않고 성숙하지 못했는데 예뻤던 것 같아. 너와 함께 있었고 사랑받았으니까. 꿈으로 도망가서 예뻤던 나를 보고 싶어. 그런 나의 옆에는 당연한 듯 너도 있겠지. 자다가 깨서 서럽게 울어도 괜찮으니까 그런 꿈을 꾼다면 좋겠어.

너무 아무 일이 없어서 탈인 내 일상에 그런 꿈이라도 있다면 너를 덜 원망하고, 나를 덜 미워하며 살 수 있을 것 같아. 우리는 함께 바다도, 호수도, 강도 봤어. 그 모든 것들이 어디론가 흘러가듯 우리도 좋은 곳으로 흐르고 있기를 바라. 함께 일수는 없어도 나는 네가 오는 곳 어딘가에 섬으로 있을게. 조금은 더 외로워볼게. 이런 나를 가끔은 응원해 줘.

　　도시에 저렇게 십자가가 많은데 우리의 믿음은 어디에 있는 걸까. 불빛이 많은 이유가 환하게 비추기 위한 게 아니라, 흔들리는 게 많아서라는 걸 알았다. 우리가 서 있던 가로등 아래에는 적어도 진심이 있었을까. 내가 믿는 사랑이 있었을까.

　　아니, 없었겠지. 그때가 진심이었다면 도시에 더 많은 불빛이 흔들릴 때 당신도 흔들렸겠지. 소화되지 않는 감정이 떠내려가라고 물 한 잔 마신 후에 내게 연락했겠지.

당신은 매일 아무것도 하지 않음으로 내게 마음을 전했다. 나는 매일 밤 흔들리는 불빛을 보며, 당신의 부재로 사랑의 존재를 적어낸다. 당신의 어디에나 존재하고 싶어서 무엇이라도 한다.

영화를 볼 때면 손톱을 계속 물어뜯게 된다. 이에 닿
도록 대고만 있을 때도 있지만 어느 날은 마구 뜯다가 피까
지 본다. 세 살 버릇 여든까지 가는 거라면서 이 습관을 제
발 고치라고 가족에게 많이 혼났지만 여전히 그대로다. 가
끔 손톱을 길러보겠다며 매니큐어도 발라본 적이 있지만
그것도 다 소용없었다. 오늘도 시선을 화면에 고정한 채 무
의식중에 손톱을 뜯다가 결국 피를 봤다. 칸이 많은 서랍을
하나씩 열어서 밴드를 찾아 붙였다. 일주일 내내 일이 많다
가 오늘은 씻지도 않고 아무 데도 나가지 않겠다고 다짐한

날이다. 그랬는데 갑자기 조금 후에 샤워를 하고 싶어졌고, 신경 쓰며 씻었지만 밴드는 물기에 쓸려 떨어져 나갔다.

젖은 머리칼을 빗으로 쓸어내리고 선풍기 바람에 가까이 댄 후 눈을 감았다. 앞에 내려놓은 수건 정도는 눈을 감고도 짚을 수 있을 거라는 생각이 들어 손을 뻗었는데, 어떤 딱딱한 물체에 손가락을 부딪혔다. 순간 눈이 확 떠지며 "아!" 소리를 냈다. 네 번째 손가락을 바라보니 피가 굳어 조금은 붉었고 물에 조금은 불어 있었다. 눈물이 찔끔 났다. 그리고 그 순간 떠오른 것은 그였다. 나는 매번 발톱을 잘못 깎아서 피가 나던 걸 문자로 이야기했었는데, 그때마다 걱정해 주던 그의 짧은 몇 마디. 손가락을 감싸던 손을 떼고 다시 밴드를 찾는데 어떤 칸이었는지 기억이 나지 않았다. 눈물이 막 시작되는 소나기처럼 떨어졌다.

그렇게 내 일상이 그의 생각으로 이어지는 날은 피할 도리가 없다. 정통으로 맞아서 아픈 곳을 손으로 쓸어내릴 수밖에. 소화가 되라고 그저 한참을 울 수밖에. 기억을 다

소환했다가 소나기가 멈추면 다시 다 모든 칸에 넣고 내 할 일을 할 수밖에는 없다. 아무 일 없었다는 듯이 영화를 보는 것처럼. 그리고 며칠은 아픈 네 번째 손가락의 밴드를 갈아줘야 하겠지.

폭염으로 일그러지는 얼굴에 웃음꽃이 폈던 때를 떠올려보니, 대충 작년 가을쯤이었던 것 같아. 태풍이 몰아치는 제주에 있었을 때. 나는 벌써 가을이 그리워. 당신만큼이나. 일상에 의욕이 없을 때 내가 가장 먼저 절실해졌던 건 당신이잖아. 소리 내어 이름을 부르다가 조용히 다시 모든 걸 잊은 사람처럼 굴었지.

4시에서 5시에 점차 해가 지면서 내가 좋아하는 색의 빛이 들어와. 살과 주름을 비추고 그림자 색조차 아름답게 만들어. 이건 가을이 오고 있다는 증거 중에 하나라는 걸 알아. 그래서 오늘은 기분이 아주 조금 좋아졌었어.

당신은 사람을 못 믿겠다고 했잖아. 나에게 그나마 다정하게 말하는 거라고. 그런 당신이 나 스스로를 믿고 살라는 말을 했을 때는 그 말이 꼭 주문이나 기도 같았어. 하지만 미안하게도 나는 아직 지하에 있어. 눈부신 지상으로 올라가서 세상의 밝은 빛을 흡수하지 못했어. 그래도 그렇게 만들기 위해서 노력하고 있어. 정말, 많이.

꼭 제주가 아니어도 좋아. 심지어는 바다가 아니라도 괜찮아. 그러니까 우리 서로가 그리워서 견딜 수 없을 때 손을 잡고 걷자. 가을이 아니어도, 겨울이 아니라도. 어차피 서로의 사랑 앞에서 계절의 중요성은 무의미하게 될 거니까. 그저 지금처럼 다음 계절이 오기를 기다리면서, 정말 많이 노력하면서 살다가, 다시 서로의 손을 잡자. 나는 당신 품에 안겨서 울 수 있을 때까지 참아볼게.

어떤 꽃이 피어있든 그곳은 아름다울 거고, 일상에서 느끼던 소소한 기쁨과는 비교도 되지 않을 만큼 벅찰 거야.

당신이 나인 듯, 내가 당신인 듯 그렇게 그때는 비로소 함께하게 되기를 바라. 알고 있을지 모르겠지만, 모든 시간에 분과 초 단위로 나눠서 사랑하고 있어. 그러니 우리, 오늘 본 노을처럼 서로를 섬세하게 어루만져 주자. 희미한 새벽이 올 때까지 우리를 놓지 말자.

가을이 온 거 같아. 하늘의 색깔이, 바람이 닿는 느낌이 달라졌더라. 9월만의 온도와 풍경으로 가을이 시작된 걸 실감했어. 올해는 달력을 넘기는 속도가 너무 빨라서 내가 잘 살고 있나 더 자주 돌아보게 됐는데, 9라는 숫자 앞에서 너는 어떨까 궁금해. 물론 가을은 아주 짧을 거야. 조금 즐기다 보면 어느새 겨울의 공기가 피부로 느껴질 거야.

너도 알다시피 나는 겨울을 가장 좋아해. 겨울은 나의 계절이고, 우리의 계절이니까. 절대 잊히지 않는 추억은 모두 겨울에 있어. 몇 해를 건너서 왔다 갔다 해도 아마 겨울은 늘 벅차고 따뜻할 거야. 물론 마음이 시렸던 계절도 있었지. 몸도 마음도 추워서 기온이 영상으로 올라가길 바랐던 날도. 하지만 그런 것도 겨울을 사랑하는 마음을 이기지는 못했어.

가을이 시작되면 자연스럽게 겨울을 기다려. 창밖으로 목을 빼고 하늘을 자주 올려다보면서, 저 멀리 너의 모습이 보이지는 않나 살피면서. 네가 오지 않아도 가을이 온 것처럼 어김없이 겨울도 오겠지. 그리고 우리 나란히 앉아 한곳을 바라봤던 때를 떠올리며 나는 올해의 겨울까지 무사히 살아낼지 몰라.

계절이 바뀌는 건 내게 그런 의미야. 너와 연결 짓지 않고는 어떤 것도 감상할 수 없고 상상할 수 없어.

바다 앞에서 울면 파도 소리에 묻힐 테니까 좋을 것 같다고 했었잖아. 하지만 나는 아직 그걸 해보지 못했어. 바다를 보지도 못했고 어떤 말도, 어떤 소리도 그곳에 묻히게 하지 못했어. 그저 그런 날이 오기만을 기다리고 있어. 부디 나에게 그런 기회가 오기를, 내가 그 기회를 꼭 잡기를 바라고 있어. 당신 말고는 모두 붙잡아서 마음속에 뒀다가 바다에 가면 다 쏟아낼 거야. 멈추지 않고 지치지 않고 그렇게 할 거야. 바다가 나를 부르겠지. 때가 되면 그럴 거야. 그때까지 나는 이 도시에서 어떻게든 살아남아야 해.

내가 살아남는 데에 쓰는 방법을 전부 네가 알면, 아마 나를 더 미워하게 될지도 모르겠어. 왜 그렇게 밖에 살지 못하냐고 타박할지도 모르겠어. 그렇지만 나는 그게 걱정처럼 들려서 바다가 보고 싶어질 거 같아.

가을은 왔는데, 장마는 끝나지 않았어. 곧 태풍도 올 거래. 그때의 바다는 아마 너의 표정을 닮았을 것 같아. 제주에서 봤던 화가 난 바다를 너도 기억할 거야. 비행기가 연착돼서 집으로 돌아가지 못했잖아. 우리는 우비를 쓰고 필름 카메라와 책을 파는 서점을 찾아갔고. 어느 초등학교 앞이었어. 조그마한 정자에서 담배를 피우는 너를 차 안에서 기다렸을 때, 네가 날아가면 어쩌나 걱정했었어. 그럼 나는 곧장 바다로 가야겠다고 생각했어. 비가 차 유리로 쏟아져서 너를 가렸다가 와이퍼가 작동되면 흐릿하게 다시 네가 보일 때, 나는 그런 생각을 했어. 다음 생에 우리가 만나면 나는 바다가 고향이라고 말할게. 저 말을 우리만의 암호로 하자. 그때는 내가 좀 더 그럴듯하게 살아볼게. 너보다 나은 생각을 하고 자주 웃는 밝은 사람이 되어볼게.

긴 장마 끝에 너는 웃고 있기를, 나는 바다 앞에서 울고 있기를 바라. 아주 크게 울고 소리도 잔뜩 지를 수 있다면 좋겠어. 누구도 듣지 않아서 기쁘고 누가 있지 않아서 슬프겠지만, 고향에 돌아온 사람은 그러는 게 당연하다고 여겨졌으면 좋겠어. 새가 되어 날아와서 잠깐 보고 가도 좋아. 안개가 돼서 잠깐 가려주고 가도 좋아. 모래가 돼서 내 몸에 붙어 있다가 가도 좋아. 그날은 다음 생에 당신을 만나는 꿈을 꾸겠지. 그럼 또 바다에 갈 이유가 생기는 거야. 그다음이 언제일지 모르겠지만 나는 치열하게 사는 내내 그때를 상상할 거야. 갈망하던 모든 이유를 바다에 던지고 실컷 울고, 어떤 소리도 가져오지 않을 거야.

사람들이 왜 그토록 너를 쫓는지 물을 것 같아. 왜 너와 바다를 연결 지을 수밖에 없는지도. 나는 암호를 핑계로 알려주지 않을 생각이야. 그걸 핑계 삼아 바다에 갈 거고 너를 사랑할 거야. 이렇게까지 비가 많이 내리는 건 자연이 화가 난 게 아닐까 생각해. 그래서 할머니는 지구가 아프지 않게 해달라고 기도를 하신대. 사실 그건 우리 모두의 기도

가 되어야 해. 나는 화가 난 한 사람도 풀어주지 못하지만 자연을 달래는 방법을 알고 있는 사람들의 지혜가 부러워. 우리 모두를 위해 기도할게. 각자가 믿는 것에 믿음을 달라고 말하는 게 우리가 살아가는 방법이잖아. 그러니 바다도, 당신도 그렇게 화가 난 표정은 아니었으면 좋겠어. 바다를 만나면 어떤 표정이든 다 쏟아낸 후에 기도를 할게. 그게 이번 생에 전해지지 못하더라도, 다음 생까지 건너가서 당신에게 닿기를 바라. 그러니 잊지 마. 우리만의 암호는 바다야.

나는 섬,
너는 바다

나는 섬 할 테니 너는 바다 해

외로워도 사랑해

너에게 뛰어들지 않아. 나는 그저 너에게 둘러싸여 있는 섬이 될 거니까. 이제는 수영 안 해. 너라는 바다가 있어서 따뜻하기도 외롭기도 할 거야. 다정한 파도가 유유히 내게 스며들면 달빛이 비칠 거야. 거세게 안아주는 날에는 성난 파도를 보고 네가 화났다는 것을 알 거야. 하지만 그것도 무섭지는 않을 거야. 나는 네 안에 자라나서 사니까. 네가 봄이라면 봄이고, 여름이라면 여름이고, 가을이라면 가을이야. 겨울이 오면 너는 가장 차갑겠지만 괜찮아. 아무도 오지 않아서 외롭대도 괜찮아. 그래도 사랑해.

03

그럼에도
우리는
오늘을
살아야
하므로

A. 오랜만에 간 한강 공원. 역시 자연은 변하지 않는다. 늘 그곳에 머무르는 사람 마음이 변할 뿐. 벤치에 앉아 지나가는 겨울을 보면서 다가올 봄을 상상해봤다. 사람들이 마스크를 쓰지 않고 돌아다니는 상상을. 당연하다는 듯 따뜻하게 북적이면 좋겠다.

B. 상수동으로 이사를 했고, 구석을 좋아하는 나에게 최적화된 공간을 만들었다. 결과는 대성공이고 만족스럽다. 집이 주는 아늑함과 편안함이 때로는 사람보다 다정하다.

C. 역시 혼자 살면 라면을 자주 먹게 된다. 하루에 한 끼는 꼭 라면을 먹는 것 같은데 오늘은 이상하게 10cm 노래 가사가 떠올랐다. '난 매일 라면만 먹어 나이를 먹어도 입맛이 안 변해' 그리고 곧 그 이유를 알게 됐다. 안부를 묻는 다음 가사를 말하고 싶은 사람이 있어서다. 'I'm fine thank you and you 우리 옛날에 사랑을 했다니 우스워 나는 정말로 괜찮아 행복해 내 걱정 말고 잘 살아' 매일 하는 익숙한 일에서 누군가를 떠올리는 일, 계속 이별하는 일, 사실 내겐 이상한 일도 아니다.

D. 할 일이 쌓여있으면 그 할 일들을 계속해서 떠올린다. 새롭게 알게 된 사실인데 나는 일이 많은 걸 즐긴다. 바쁜 게 좋다는 걸 알기 때문이겠지. 세상에 쓸모를 느끼는 기분, 시간을 무의미하게 쓰지 않는 느낌이 좋다. 그렇지만 속도가 느린 것 같아서 좀 더 부지런해질 필요는 있겠다.

E. 아빠한테 전화를 걸어서 왜 요즘 통 전화가 없냐고 물으니, "네가 귀찮아할까 봐."라는 대답이 돌아왔다. 부모

는 다 해주고도 자식의 눈치를 본다. 내가 매일 걸겠다고 했더니 무소식이 희소식인 거니까 잘 지내라고 했다. 나는 정말 소리 없이 잘 지내고, 소리 없이 더 성장해야겠다.

　　지금 행복하냐는 질문을 은근히 피해왔다. "잘 모르
겠어요."라든지, "그런 질문 오랜만에 받아요."라든지 그런
대답을 하며 주로 어색하게 웃었다. 행복에 대한 질문의 대
답은 언제나 그렇게 모호하게 끝냈다. 확신이 없는 채로 살
고 있다는 게 행복하지 않은 확실한 이유가 될 수는 없을
텐데 말이다.

　　하지만 나는 늘 행복을 쫓아가는 사람이었던 건 분명
하다. 그것만큼은 자신 있었다. 짝사랑하는 사람의 그림자

를 밟는 것처럼 낮과 밤 모두 애정을 쏟아서 말이다. 그러니 언젠가는 분명한 행복을 만나 자신 있게 말할 수 있는 날이 올 거라고 그렇게 믿었던 게 아닐까.

돈을 들여 만든 일회성 짙은 행복이 아니라, 자연스럽게 그대로 인생을 사랑하며 얻는 행복으로. 그래서 요즘은 이렇게 대답한다.

"꼭 그런 사람이 되려고 해요. 물어봐줘서 고마워요."

할머니는 내가 공무원이 되길 원하셨다. 요즘 같은 시
대에 그만큼 안정적인 직장이 없다고, 여느 어른들과 같이
생각하기 때문에. 큰아빠, 아빠, 고모, 사촌오빠, 그리고 나
까지 키우면서 더더욱 안정적인 직장을 잡아야 한다고 뼈
저리게 느끼셨다는 걸 이해한다. 어느 날은 약속이 있어서
집을 나서려고 하는데, 할머니가 어떤 친구를 만나는지 물
어보셨다. 이름을 이야기하면 잘 모르시기에, "간호사 하다
가 공무원 시험 준비한 친구 있잖아."라고 운을 띄우며 그
친구가 시험에 합격해서 축하해주러 간다고 말했다. 그러

자 할머니가 나는 왜 공무원 시험을 보지 않냐고 물으셨다. 마치 그 좋은 걸 왜 너만 안 하냐는 말투로 말이다. 난 이제 그런 성화에 웃으며 잘 빠져나가는 방법을 알기에, 그날도 "난 공무원 체질이 아니야."라고 말했다. 그러자 할머니는 바로 "아니여. 넌 동사무소에서 일할 체질이여."라고 반박하셨다. 동사무소 체질은 대체 무엇인가. 옆에서 우리의 대화를 듣고 웃는 아빠를 한 번 쏘아보고는 "난 민원 처리하기 싫어."라고 말하며 집을 나왔다.

사실 우리 가족들은 내가 작가라고 불리는 것에 큰 반응과 기대가 없다. 책을 내고 나서 주변에서는 대단하다며 가족들이 자랑스러워 하겠다고 했지만, 사실은 그렇지 않다. 그래서 다음 책을 내는 것에는 반대도 있었다. 아빠는 그렇게 책을 내는 게 무슨 의미가 있냐고 했다. 나는 글을 쓰고 싶다고 했는데 그렇게 쓰는 게 무슨 의미가 있냐고. 만약 처음 낸 책부터 바로 베스트셀러가 되었다면, 그래서 아빠와 함께 서점에 갔을 때 내 책이 아무도 보지 않을 것 같은 구석에 있지 않았다면, 그렇게 말하지 않았을까. 아마 그랬겠지.

글 쓰는 사람으로 성공하고 싶다는 말을 했다. 물론 짧은 시간 안에 되는 건 없고, 특히나 예술 분야에 있어서는 많은 게 따라주어야 한다. 그래도 나는 그 모든 것을 채우고 참고 노력하며 이루겠다고 했는데... 요즘은 유독 더 가족들의 걱정과 나의 꿈을 저울에 올려보는 일이 잦다. 매일이 젊다, 청춘이다 말하지만 우리 가족들은 내가 하고 싶은 것만 생각하면서 살기에 적은 나이가 아니라고 생각하는 것을 알기 때문이다. 그래서 무시처럼 느껴지는 걱정에 마냥 속상하다고 울지도 못하고 괜찮다고 웃지도 못한다. 그저 다시 쓴다. 그럼에도 내가 가장 잘할 수 있는 일이라서, 이만큼 절실하게 하고 싶은 일이 없어서.

할머니에게 어느 날에는 글 쓰는 체질이란 말을 들을 수 있도록. 아빠와 당당하게 서점에 가서 내 책이 여기 있다고 자랑할 수 있도록. 나는 어떤 날에도 써야겠다. 쓰면서 사는 사람이 되어야 하니까, 더 써야겠다. 좋아하는 일을 더 잘해야겠다.

사람들을 행복하게 해주는 게 훌륭한 예술이라는 말을 기억한다. 안 좋은 기억에 듣고 싶지 않은 노래도 언젠가는 아프지 않게 들을 수 있는 노래가 되고, 훌륭한 예술로 듣게 된다. 나도 누군가가 나를 떠올릴 때 아픈 기억이 아니라 행복하게 해주는 예술로 남고 싶다는 생각을 한다. 내가 했던 행동, 말, 글 모두 분명한 울림을 주면 좋겠다. 잊고 살다가 언젠가 다시 찾아도 미소를 짓게 만드는 그런 사람이 되고 싶다. 나를 스쳐갔던 모든 이들에게 한 번은 진한 행복이고 싶다.

그래서 요즘은 그런 생각으로 쓰는 글이 많다. 전보다 단어를 고르고 문장을 만들 때 조심스러워졌고, 나라는 사람의 작은 것 하나도 누군가에게 상처가 되지 않기 위해 노력한다. 위에서 말한 사람들을 행복하게 해주는 것이 훌륭한 예술이라는 말을 실천하기 위함이다. 사랑이 숨 쉬는 모든 곳에는 상처도 잠재되어 있다. 저마다의 추억으로 저장되어 있을 노래 한 곡이 훌륭한 예술이 될 때까지 걸리는 시간 동안 고통스러울 그들에게, 나도 나의 아픔 하나를 내어주는 일을 한다. 그게 내가 하는 예술이다.

가난과 헤어짐이라고 답했다. 둘에게는 공통점이 있는데 그건 바로 사람을 변하게 만든다는 것이다. 내 의지와는 상관없이 나를 가장 크게 변화하게 만들기 때문에 두려운 것으로 꼽았다. 가난은 하기 싫은 일을 하게 만들고, 하고 싶은 일을 못 하게 한다. 벌어도 벌어도 벗어날 수 없는 굴레처럼 느껴질 때 사람을 무기력하게 만든다. 그런 의미로 보면 헤어짐도 마찬가지이다. 헤어짐을 겪으면 사람의 마음은 가난해진다. 황폐해진 마음에 물이 없어서 갈라지고 들풀 하나 피지 않는다.

내가 살면서 가장 크게 무너졌을 때도 몸과 마음이 모두 가난했다. 있다가도 없는 게 돈이고 없다가도 있는 게 돈이라고 했지만 그 말은 늘 너무 잔인했고, 이별은 정말이지 나를 아무것도 가진 것 없는 사람으로 만들었다. 지금은 하고 싶은 일을 하며 돈을 벌지만 그렇다고 걱정이 없는 건 아니다. 걱정 없이 돈을 벌 때까지는 많은 시간이 걸린다는 것도 알고 있다. 어쩌면 그래서 나 자신이 더 애틋한 거다. 몸도 마음도 가난한 게 싫다며 수많은 날을 반성하고 울었지만, 돈 걱정을 하면서도 하고 싶은 일을 하며 사니까.

그리고 헤어짐이 무서워도 사랑을 하며 산다. 사랑을 주고받고, 사람처럼 산다. 누구에게든 애정을 주면 멀어질 때 그만큼 힘들다는 걸 알면서도 사랑을 하고 싶을 때는 한다. 다시 마음이 가난해지면 애초에 시작한 걸 후회할지도 모르지만, 하고 싶은 건 하고 살아야 한다. 떠나야 하는 순간과 버림받는 순간이 다가오기 전까지 최선을 다해서 사랑하고 회복할 힘도 만들어 둔다. 몸과 마음이 건강하면 가난과 헤어짐에 대한 타격이 그나마 줄어들기 때문이다.

살면서 때로는 피할 수 없는 가난과 헤어짐, 내 삶에 가장 무서운 존재들이지만 극복한 적이 있다는 사실만으로 이렇게 스스로를 강해지게 만들기도 했다. 힘든 순간을 미리 상상해보면 생각하기도 싫어서 고개를 내젓게 되지만 그로 인해 내가 또 무언가 느끼고 배운다면, 언젠가는 무서운 게 무엇이냐는 질문에 대한 대답이 바뀔 수도 있지 않을까.

작업을 할 때마다 가끔 노래를 켜놓는다. 블루투스 스피커를 연결해서 음량은 작게. 은은하게 근처에만 울려 퍼지도록 말이다. 가사가 들리면 글 쓰는 데에 방해될 때가 있어서 가사 없는 음악을 듣기도 한다. 작업할 때 말고도 음악을 좋아해서 매일 새롭게 발매되는 앨범을 찾아서 들어보는데, 그렇게 매일을 하다 보면 하루에 나오는 새 노래가 정말 많다는 걸 자연스레 알게 된다. 하긴 하루에 새롭게 나오는 게 노래뿐인가. 영화도 책도 그렇다. 그리고 내가 모르는 영역에서도 이미 굳건하게 자리 잡은 것들 사이에 새로운 것들이 쏟아지고 있겠지. 누군가의 삶이 닮긴 예술 작품들이.

최근에는 음악 어플에 새로 나온 앨범을 차례대로 듣다가 나도 모르게 스크롤을 내리며 익숙한 뮤지션을 찾아 먼저 누르는 걸 발견했다. 순간 조금은 부끄러워졌다. 모든 예술은 존중받을 가치가 있다고 말했으면서, 들어본 적 없는 가수의 노래에 열린 마음을 가지고 있지 않은 것이. 나도 모르게 남들이 많이 듣는 노래를 먼저 찾는 걸 보면서. 요즘은 이렇게 남들을 따라 하다가 주관이 사라질 수도 있겠구나 싶었다.

네임밸류name value라는 단어가 있다. 이름값, 이름의 가치, 즉 명성이라는 뜻인데 실제로는 영어권 국가에서는 쓰지 않고 한국과 일본에서만 사용하는 콩글리시라고 한다. 이 단어는 인지도나 사회적 평판을 일컫는 말인데 뜻만 들어봐도 우리나라에서 왜 자주 쓰이는지 알 것 같았다. 화제가 되는 가수는 늘 정해져 있다. 데뷔할 때부터 유명한,

네임밸류와 같은 '이름 있는 가수'라고 해야 하나. 음악 부분 말고도 위에서 말한 영화나 책도 마찬가지이다. 사람들이 주목하고 관심을 갖는 건 이미 잘 알려진 감독, 배우, 베스트셀러 작가의 작품이다.

그리고 무명이었던 사람이 한순간에 뜨면 '왜 이제 알았을까.'라는 말을 쓰기도 한다. 나는 알아보려고 하지 않았기 때문이라고 생각한다. 이 사람이 보물 같은 사람인지 아닌지는 노래를 듣거나 영화를 보거나 책을 읽어야 아는 건데, 그렇게 해보지 않았기 때문에 뒤늦게야 빛을 발한 것이다. 물론 성공할 수 있을 만큼 실력을 갖춘 사람들은 당장 주목받지 못해도 언젠가는 그렇게 되리라는 말이기도 하다. 다만 너무 자극적이고 유명한 것만 좇지 말자는 거다. 누군가는 하나의 작품을 만들기 위해 자신의 건강도 사랑도 버리고 자존심을 내려놓기도 한다.

취향에 맞춰서 고를 수 있다. 그리고 예술 작품에 대한 비평도 할 수 있다. 하지만 네임밸류만 좇아서 자신의 취향을 고정해 놓는 일은 하지 말자는 거다. 세상을 폭넓은 시각으로 이해할 수 있게 되려면 뭐든 편식하듯 가리면 안 되니까. 한 사람이 존중받을 가치가 있듯 그 사람이 만든 것도 그럴 만한 가치가 있다. 또 별로라고 못 박아 놓고 살았던 어떤 것이 생각지도 못한 순간에 마음으로 들어와 흔들 수 있다. 그건 생각보다 더 의미 있는 일이다.

　　우연히 [미안하다]를 사전으로 찾아보게 되었다. 글을 쓰면서 사전을 자주 들여다보는 편이지만, 주로 의미가 헷갈리는 어려운 단어를 찾기 위함이었다. 이 말은 내가 미안하다는 말의 의미를 제대로 알고 있는 줄 알았다는 뜻이다. 왜 그랬을까. 아마 그 말은 아주 어린아이들도 아는 기본적인 것이기 때문이겠지. '미안'과 '미안해'가 다른 느낌인 것만 따져보기 바빴던 지난날들이 떠오른다. 뜬금없지만 그때의 나는 사랑을 몰랐던 게 확실하다. 미안하다는 말의 의미만을 제대로 몰랐던 건 아니라는 뜻이다.

[미안하다]는 형용사의 뜻은 '남에게 대하여 마음이 편치 못하고 부끄럽다.'라고 한다. 이것도 뜬금없지만 이 뜻을 본 순간 미안하다는 게 꽤 낭만 있는 말처럼 느껴졌다. '미안', '미안해', '미안하다' 이런 말들 모두 자신의 마음이 불편하고 부끄럽다는 말이었다고 생각해보니 그렇다. 상처를 줘서 미안하다, 말실수를 해서 미안하다, 의도와는 다르게 전달되도록 해서 미안하다, 고의는 없었지만 미안하다. 세상에는 수많은 미안함이 있다. 결국 살면서 마음이 불편하고 부끄러운 일은 투성이라서 그런 거다.

미안하다는 말을 애용했던 사람으로서 저 의미를 반갑다고 해야 할지 더 부끄러워진다고 해야 할지 모르겠지만, 이제야 알게 돼서 다행이다. 사실 어떤 의미는 읽어도 이해되지 않는다. 배움과는 상관없이 마음에 가닿지 않은 탓이다. 그리고 또 어떤 의미는 이렇게 반가우면서 부끄럽게 만든다. 배웠음에도 못 배운 것처럼 사용해서 부끄러워진 이 말이 그럼에도 낭만 있다고 한 것은, 친밀한 사람에게만 하는 고백처럼 느껴졌기 때문이다. 한쪽이 부끄러움과 불편한 마음을 이야기한다는 것만으로 그 사이는 멀어질지 더 가까워질지 정해질 거다. 다른 한쪽이 "나도 미안해."라고 말한다면, 나 또한 너로 인해 마음이 불편했고 나 자신이 부끄러웠는데 같은 마음이었다고 말해줘서 고맙다는 의미일 테니 말이다. 그래서 계속 함께 하고 싶은 사람에게만 하는 것이 사과인가 보다. 그래서 말이 없는 쪽은 자신의 불편하고 부끄러운 마음을 끝내 들키고 싶지 않은 사람인가 보다.

관계를 이어나가고 싶은 친밀한 사람에게만 하는 낭만 있는 고백. 이게 내가 정의 내린 미안하다는 말이다. 이렇게 또 하나의 말을 나만의 언어와 의미로 정했다. 새롭게 말을 배우는 사람처럼, 마음에 대해 배우는 사람처럼 말이다. 우리는 초등 고학년 정도면 모국어에 대한 글자 문장과 해독에 대한 공부를 모두 마친다. 그러니 오래전에 배워서 습관처럼 사용하는 말에 대한 공부를 다시 할 기회가 쉽게 오지는 않는다. 그러나 이렇게 어른이 되어가는 과정 속에서 배움은 늘어난다. 물론 기회는 자신이 만들어야 한다.

그렇게 생각해보면 배움과 사과는 닮았다. 내가 알고 있는 의미로 올바른 사과를 건네는 것과 알고 있는 의미를 버리고 새로 배우는 것 모두 용기가 필요한 일이니까 말이다.

　　마음이 불편하고 부끄러워 참을 수 없을 때 고백 같은 사과를 건네도 좋겠다. 배움과 사과처럼 용기가 필요한 일을 내밀었을 때, 그 말의 의미를 똑같이 알고 있는 사람이라면 분명 같은 대답이 돌아올 것이다.

영감을 주는 노래, 언제 올지 모르는 이에 대한 기다림, 늘 찾는 편안한 공간, 지루함 속에서 찾는 익숙함과 안정감, 자주 가는 단골 가게, 매일 같은 자리에서 보는 달, 우연히 고른 시집의 첫 문장까지. 전부 요즘 내가 좋아하는 것이다. 좋아한다는 건 없어도 살 수 있는 정도니까 사랑한다고 해야 할까. 혼자 살고 또 혼자 지내는 일상에서 따뜻함을 느끼는 어엿한 어른이 돼가고 있는 것 같아 가끔은 기분이 이상하다. 사람이 아닌 다른 것들을 사랑하는 삶이 낯설고도 괜찮다. 그래도 누군가 그리워지면 일기를 쓰고 그리움에 참을 수 없을 땐 편지를 쓴다. 그리고 남은 모든 시간에는 글을 쓴다. 누군가를 계속 그리워하며 무언가를 계속 쓰는 삶은 확실히 벌이 아닌 축복이다. 가끔은 외로움도 고마워할 정도의 여유도 생겼으니까. 세상의 온도는 차별이 심하지만 때론 느끼기 나름이니까.

매일이 치열하고 설레지는 않지만 잔잔하게 들뜬다. 하늘을 나는 기분은 느끼기 어렵지만, 물 위를 떠다니는 기분이라고 해야 하나. 물을 무서워하던 어린아이가 이제는 둥둥 떠다니며 주위 풍경을 둘러보는 여유까지 생겼다는 표현이 정확하겠다. 억지로 물가에 끌려나가듯 시간과 주변에 휘둘려 낭비하던 시간들도 있었다. 가장 중요한 건 물가를 피하는 방법이 아닌, 내 발로 걸어갈 줄 아는 걸음과 다르게 보는 시선이었다. 이제는 이렇게 많은 것을 알게 됐고 그럼에도 찾아오는 외로움과 두려움은 숙명이라는 것을 받아들였다. 이것까지 받아들이고 나면 삶이 재미없다는 사람도 봤지만, 늘 무엇이 끝인지는 가봐야 아는 터라 걱정하지 말라고 말해주고 싶다. 아직 재미없어할 때가 아니라고.

하지만 또 가끔은 그때 그 어린아이가 돼서 서럽게 쏟아낼지도 모르겠다. 그리고는 다시 살자고 다짐하면서 밥을 욱여넣겠지. 눈치 없이 맛있을 거다. 밥맛이 좋으니 다음 끼니를 생각할 테고 누군가 만나자고 하면 그 약속을 생각할 테고 매일 써야 하는 글이 있으니 써나갈 거다. 이렇게 사는 거다. 당장 해야 할 일을 하면서, 해야 할 기분이 아니더라도 그냥 그렇게 하면서. 가끔은 잊고 있던 꿈을 떠올리면서. 낭만 있고 아름다운 것을 꿈꾸고 오늘과는 다른 상상을 하면서 말이다. 그렇게 살다가 정신 차렸을 땐 멋진 곳이면 좋겠다. 정신없을 땐 그렇다 치고, 아닐 때는 정말 순간이 행복이길. 그리고는 열렬한 사랑을 할 때처럼 살아 있길 잘했다고 그렇게 생각하게 되길 바란다.

처음 네가 나에게 힘들다고 말했던 날이 생각나. 어릴 때부터 내가 좋아하던, 강이 흐르는 게 보이는 벤치에 앉아 있다고 전화했었잖아. 그때 네 목소리는 위태롭게 들렸어. 보지 않아도 갈 곳을 잃은 사람처럼 축 처진 게 느껴졌으니까. 난 그 전화를 끊고, 곧장 겉옷을 하나 걸치고 집을 나섰어. 어디에 앉아서 어떤 풍경을 보고 있을지 아니까, 겨울이 오고 있는 늦가을 밤에 그곳이 얼마나 춥고 쓸쓸한지도 아니까 발걸음을 더 재촉하게 되더라.

바로 뒤에 아파트 단지가 있지만 해가 지면 인적이 드문 곳이라 너를 처음 발견했을 때 나는 걱정 섞인 목소리로 말했었지. 왜 이 시간에 혼자 있냐면서 타박도 했던 것 같아. 넌 씁쓸하게 웃어 보이며 맥주에 초콜릿을 먹더라. 내가 늘 너한테 'bittersweet'이라는 단어를 이야기하면서 맥주에 초콜릿을 먹는 조합은 어떤지 물었었잖아. 그래서 나는 네가 그곳에서 힘든 일에 대한 걱정과 함께 내 생각도 했다는 걸 알았어. 실은 난 힘들다고 말하는 사람에게 위로를 잘해주지만, 말로 꺼내지도 못하면서 힘들어 보이는 사람에게는 어찌해야 할지 몰라. 그래서 그때는 그냥 곁에 있어주는 게 최선이다 싶었어.

맥주캔 찰랑이는 소리와 바람에 나무가 흔들리는 소리만 꽉 찰 때 넌 이제 집에 가자며 옷을 털고 일어났지. 내가 말하지 않아서 몰랐겠지만, 난 사실 그날을 자주 떠올려. 네가 힘든 날이 좋았다고 말해서 미안하지만 너와 있던 날 중에 그날이 가장 행복했거든. 그럴싸한 위로는 못해줬지만, 날씨도 제법 추워서 감기에 걸릴까 걱정도 됐지만 그냥 맥주에 초콜릿이 너무 잘 어울렸어. 그래서 좋았어. 내가 좋아하는 사람, 장소, 모두 한자리에 모여서 그 단어를 설명해주고 있었어. 씁쓸하면서 달콤한, 괴로우면서도 즐거운. 위로해주러 나갔다가 내가 더 위로받은 날이었어.

그날부터 난 'bittersweet'이라는 단어를 더 좋아하게 됐고, 그 의미가 우리와 닮아 있어서 좋다고 생각해. 살아가는 게 늘 달콤할 수도 없고, 그렇다고 씁쓸하기만 한 것도 아니잖아. 그리고 진짜 위로는 곁에 있어주는 거라는 사실도. 그날 우리는 서로가 옆에 앉아 있다는 사실만으로, 괜찮아지길 바라는 마음이 가진 온기가 전해졌다는 사실로 위로 받았잖아. 언제나 그날처럼 서로에게 부담이 되지 않는 사람이 되자. 힘들 땐, 맥주에 초콜릿 하나씩 하면서 같이 살자.

제주도에 다녀온 이후 처음으로 여행을 왔다. 부지런히 서해안 도로를 타고 달려, 해가 지기 전 바다와 수평선 위에 걸려있는 달을 봤다. 여유롭게 날고 있는 새들과 조용히 바다를 구경하는 사람들을 보니 자연스레 마음이 편해졌다. 바다는 목적 없이 한자리에 있어 늘 부럽고, 이유 없이 아름다워서 설레게 만든다. 가을이 금방 지나갈 것 같은 느낌에 조급한 생각이 들어서 떠나왔는데 자연은 역시 조급함 하나 없이 멋진 바다를 품고 있었다. 늘 그런 바다를 보면 닮고 싶어서, 풍경 한 조각이라도 마음에 더 품게 된다.

어스름한 저녁이 되자 가로등과 가게 불빛들이 켜지고 사람들의 소음이 적어진다. 필름 카메라를 들고 터덜터덜 걷다가 좋은 풍경이 보이면 사진을 찍을 수 있음에 문득 감사해진다. 나는 지금껏 항상 여행에 이유를 붙여왔고, 그때마다 보이는 노을은 이유 없이 아름다웠다. 해가 뜨는 것보다 지는 게 더 벅차고 그게 사람들에게도 오늘 하루를 무사히 살아줘서 고맙다는 인사 같았다. 마음이 답답하고 힘들 때 사람들은 "바다에 가고 싶다."라는 말을 한다. 그리고 그렇게 보게 된 바다, 노을, 달은 매번 배신하지 않고 치유할 수 있는 시간을 선물해줬다.

자연을 사랑하듯 우리도 각자를 그렇게 있는 그대로 사랑할 수 있다면 좋겠다. 늘 그 자리에 있는 바다를 질려하지 않는 것처럼, 지겹도록 변하지 않는 자신을 너무 미워하지 않으면서. 한 계절이 또 떠난다는 생각에, 그럼에도 나는 변하지 않았다는 생각에 덜 괴로워하면서. 바다와 노을이 주는 위로를 기억하면서, 다음 여행을 기약하면서 보란 듯이 살아내면 좋겠다. 그러면 노을의 이유처럼 우리 존재의 이유도 부정하지 않게 될 것이다. 왜 살아있는지, 왜 살아서 그토록 괴로운지 보다 감사한 이유를 더 많이 찾는 삶이면 좋겠다.

추위도 걷고 더워도 걷고 울면서 걷고 술을 마시며 걷고. 그렇게 나는 언제나 걷는 사람이었다. 괴로움과 외로움이 나를 삼킬 듯 방 앞까지 오면 또 찾아왔냐며 문을 벌컥 열고 밖으로 나가서 걸었다. 나는 방 안에 가만히 있을 줄도, 소리 지르며 뛰는 방법도 몰랐다. 그저 걷고 또 걸었다. 그날에 털어버려야 하는 죄책감이 모두 사라질 때까지, 내가 불쌍한 사람이라는 생각이 사라질 때까지 말이다. 몸을 혹사시켜야 그나마 마음이 좀 괜찮아지던 그때의 나는 누가 봐도 위태로운 사람이었다. 어린 시절에 겪었던 여러 불행들이 똘똘 몽쳐 마음 한편에 떡하니 앉아서 주인 행세를 했다. 그러니 그것들에 삼켜지지 않으려면 걷는 것 말고 방법이 있었을까. 지금도 걷는 것을 좋아하지만, 감정을 컨트롤하기가 예전보다 쉬워서 걷는 이유가 달라졌다. 그래서 괴로움과 외로움이 방 앞까지 찾아오는 일도 드물다.

하지만 한참 걷던 그 시절에 싹을 틔웠던 열등감은 요즘도 불쑥 튀어나온다. 깜빡이를 켜지 않고 끼어드는 차처럼 예고도 없이 내 삶에 들어온다. 나는 사실 그늘이 없는 사람에 약하다. 할머니는 우리 집만 콩가루 집안이라고 생각할 필요 없다고, 다른 사람들이 말을 안 해서 그렇지 더한 사연이 있는 집도 어마어마하게 많다는 말로 나를 위로했지만 나에게는 집안의 영향을 받지 않고 그늘 없이 자란 사람이 더 자주 눈에 띄곤 했다. 그런 사람을 보면 다양하게 섞인 감정들이 모여 내 뒤통수를 치는 것 같았고, 나는 멍해졌다. 보통의 집안에서 사랑받고 자란 티가 나는 사람과 있으면 달리기 시합 출발선에서 출발도 못해보고 진 기분이 들었다. 같은 조건으로 출발이라도 했다면 지고 이기는 게 결정 날 수 있는데 출발하지 못한 건 실격이다, 실격. 그리고 그 실격을 선택할 수 없었다는 사실과 부러운 생각이 합해지면 나는 또 걸을 수밖에 없었다.

사람들은 자신보다 더 힘든 사람을 보고 힘을 내며 살기도 하고, 자신보다 더 나은 사람을 보고 자극을 받아서 살기도 한다. 어떤 쪽이든 힘을 내며 살 수 있는 조건이 만들어지는 건 맞다. 출발선이 다른 사람들이 쓰러져 있는 사람을 일으켜주고 물도 건네고 함께 가자며 손도 잡아주고 그렇게 사는 게 삶이니까. 누가 누구의 위로가 될 때 먼저인지는 중요하지 않다는 사실을 몰라서 그랬던 건 아니라는 말이다. 나도 나를 보며 힘을 내는 누군가가 있다는 것을 깨닫고 그것으로 위로받을 때까지 시간이 필요했던 것이다. 그 덕분에 더 나은 사람이 됐고, 글도 쓰게 됐다. 내가 부러워하던 사람들과 시작은 달라도 살아가는 마음과 모양, 기분은 같을 수 있다는 희망도 얻었다. 그래서 지금은 억울하고 못난 마음에 열등감과 부러움이라는 이름을 붙이지 않고 살 수 있게 됐다.

할머니가 말했던 것처럼 '집'이라는 이름으로 되어 있는 공간과 사람에는 모두 사연이 있고 아픔이 있고 상처가 있다. 그래서 알고 보면 괜찮지 않은 사람들이 참 많고, 괜찮아지고 싶어서 노력하는 사람들도 참 많다. 좋지 않은 환경을 물려주면서, 좋은 것만 보고 자랐으면 하는 건 욕심이 아니다. 그러길 바라는 누군가의 마음을 기억하며 좋게 보려고 노력하는 게 필요한 거다. 출발선이 다른 것과 환경 탓만을 하며 괴로움과 외로움이 방문을 두드릴 때 무기력하게 문을 열어준다면, 앞으로도 달라질 건 없다는 걸 기억해야 한다. 안에서 불행하다며 소리치지 말고 나가서 걷자. 스스로를 단단하게 만들자. 생각과 마음을 바꿔서 환경도 바꾸자. 탓하지 말자. 당신도 누군가가 부러워할 수 있는, 멋진 천사로 태어났다.

이해되지 않는 것들이 살다보면 이해가 되는 이유는, 내가 그 입장이 되어볼 일이 꼭 생기기 때문이다. 직접 겪는 것보다 확실한 이해 방법은 없다. 그렇게 욕하던 영화 속 주인공이 되던 날, 하긴 나라고 늘 좋은 사람은 아니었지 그런 생각을 했다. 우리는 모두 누군가에게 상처주고 상처받는다. 어떤 사람도 예외는 없다. 화가 나는 날도 있고, 화를 내게 만드는 날도 있고. 울게 되는 날도 있고 누군가를 울리는 날도 있다. 소중했던 사람을 아프게 만들고 그 사람으로 인해 나도 아파지고 나면 늘 그렇듯 더 많은 걸 알게 된다. 상처가 늘어날수록 더 나은 사람이 되어 있다. 상처와 성숙함이 비례한다는 것, 그게 내가 상처에게 받은 유일한 위로다.

며칠 전 아주 잠깐, 봄의 냄새를 맡았다. 날이 그렇게 풀린지 모르고 평소처럼 두껍게 껴입고 나가서 빠른 걸음으로 걸으니 살짝 더워서 놀란 참이었다. 찰나에 느껴지는 봄이 올 것 같은 기분이, 입춘이던 날에는 겨울 이상 고온 탓에 개나리나 진달래 같은 꽃이 일주일 빨리 핀다는 기사를 보고 걱정했었는데, 또 막상 봄이 금방 올 것 같은 느낌이 들자 속도 없이 좋았다. 지구온난화는 문제지만 매년 봄이 오기 전에 그 냄새를 맡으면 설렐 수밖에 없다. 봄을 방해하는 것에는 꽃샘추위도 있을 거고, 빠르게 퍼지고 있는 바이러스도 있을 거고, 이제는 일상이 되어버린 미세먼지도 있겠다. 하지만 그래도 봄은 올 거고, 사뭇 설레는 마음으로 맞이해서 즐기는 사람들이 많을 거다. 그중에는 계절을 온전히 보내고 싶다고 한 나도 당연히 포함이 되겠지. 봄을 온전히 즐기는 것을 방해하는 장애물들은 계속해서 생겨나지만, 우리는 그 안에서 우리만의 봄을 만들 거다.

그리고 나는 꼭 이맘때쯤에 머리를 자른다. 절정의 추위가 지나고 겨울이 가기 전에 머리를 자르는 게, 어떻게 보면 봄이 오기 전 내가 제일 먼저 하는 일인 셈이다. 이맘때쯤에 머리를 자르고 나면 여름이 됐을 때 꽤 자라있고 그해 다시 겨울이 오면 작년과 길이가 비슷해진다. 왜 이런 패턴으로 살게 된 건지는 모르겠지만, 같은 계절에 같은 길이의 머리로 사는 게 나는 묘하게 좋은가 보다. 그래서 오늘 머리를 단발로 잘랐다. 전부터 간다고 이야기만 했던 미용실에 들러서, 사장님과 밀린 수다를 떨면서 말이다. 머리가 생각보다 마음에 들었고 오랜만에 하는 단발머리를 어색해하는 내게 오는 칭찬으로 기분이 좋아졌다. 머리를 자르고 나면 그날 하루 종일 느껴지는 가벼움과 들뜬 기분이 있다. 이건 미용실을 다녀온 그날에만 느낄 수 있는 거라서, 길거리를 걸어갈 때 차 유리나 쇼윈도에 짧아진 머리를 자주 비춰본다. 또 누군가를 만나지 않으면 찍지 않는 사진을 혼자 찍어보기도 한다.

어색하면서도 좋은 일. 봄이 오는 느낌과 비슷하다는 생각을 한다. 우리 삶에는 봄을 방해하는 다양한 시련이 찾아오지만, 그렇다고 그 계절을 건너뛰는 일은 없다. 그래서 예상한 날짜와 시간에 늘 그랬듯 계절이 찾아온다는 게 새삼 감사할 때가 있다. 이제 겨울을 보내주고 봄을 맞이해야 한다는 걱정과 설렘이 공존한다. 아직 겨울을 보내주고 싶지 않다는 미련이 생길 수 있다. 사실 모든 걸 보내줄 준비가 됐을 때 보내는 건 아니니까. 하지만 예상했던 것처럼 봄은 좀 더 빨리 올 거고, 싫은 계절이라고 하더라도 우리는 반드시 봄을 보내야 한다. 봄 없이 여름으로 갈 수 없다. 다시 좋아하는 계절을 만나려면 좋아하지 않는 계절도 만나야 한다는 뜻이다. 그러니 이왕이면 싫어하는 계절도 어떻게 하면 따뜻하게 보낼까 연구하는 게 좋겠다. 어쩔 수 없는 것을 받아들이며 사람은 성숙해지는 거니까, 어떤 계절에 찾아오는 시련과 미련까지도 받아들이며 봄을 맞이하기를 바란다.

애초에 무기를 가지는 이유를 생각해보면, 자신을 지키려고 하는 의도가 크다. 누군가를 말로 해치든 무력을 사용해서 해치든 그런 걸 처음부터 좋아하는 사람은 없다. 내가 그렇게 믿고 살았던 때가 있었다. 범죄 사건에 대한 수사를 할 때도 '우발적'인 것과 '계획적'인 것을 따져본다. 그 사람이 평범하게 살아가다가 무기를 든 이유가 무엇인지, 전에도 혹시 무기를 사용한 적이 있는지, 그것은 수사에 아주 중요한 영향을 미치니까.

우리가 흔히 무기에 비유하는 '말'이라는 것도 그렇다. 그 말을 한 의도가 중요하다. 무슨 뜻으로 한 건지, 어떤 이유로 그 말을 무기로 만들었는지 말이다. 자신을 지키려고 한 것인지, 처음부터 나쁜 의도를 가지고 무기로 삼았던 건지 헤아려보는 거다. 무기란 공격에 쓰일 수도 있고 방어에 쓰일 수도 있다. 공격하거나 방어하거나 어떤 의도로 사용할지 둘 중에 선택할 수 있으며, 동시에 지킬 수 있는 능력이 생기는 거다.

사람들이 쉽게 잊어버리는 사실은 바로 그거다. 무기로 무언가를, 누군가를 지킬 수 있다는 것. 요즘은 유난히 공격하는 용도로만 사용되는 것 같아서, 말의 무게를 모르고 애초에 무기라고 단정 짓고 사는 사람들이 자주 보여서 씁쓸하다. 늘 말을 무기로만 쓰는 사람들은 지키는 법을 배울 겨를도 없이 어떤 충동을 느꼈던 걸까. 그런 사람들을 보면 잠깐 비난하고 싶다가도 안타까운 마음이 든다.

무기에 총과 칼 방패까지 전쟁에 필요한 모든 게 포함

되는 것처럼 우리가 가진 것들을 보호하는 용도로 쓴다면 좋겠다. 공격이 우선이 아니라, 좀 더 따뜻한 세상을 만들 수 있는 것에 일조하는 마음으로 휘두르지 않으면 어떨까. 가진 것을 다 쓸 필요는 없다. 말을 할 수 있다고 해서 전부 말할 필요는 없다.

 네 삶에도 예술이 있어. 사람들이 무언가가 아주 좋고 훌륭할 때 예술이라고 말하는 것처럼 네 삶도 이미 아주 멋지다는 거야. 너는 네가 늘 무언가를 망치기만 한다고 생각하지만 너는 이미 수없이 많은 걸 완성했고 지금도 그러고 있어. 너는 이미 예술을 하고 있어. 네 삶을 그리는 예술가로 사는 거야. 그러니까 매일 망친 것들만 떠올리며 괴로워하지 않았으면 좋겠어. 네 손에는 수많은 붓이 주어지고 색깔을 고르는 것부터 무엇을 칠할지도 다 너에게 달렸으니까. 주변의 이야기와 잘못된 선택에 대한 걱정으로

매일을 살지 않았으면 해. 너는 뭐든 완성시킬 수 있는 사
람이야.

기쁜 일은 좀처럼 쉽게 일어나지 않기에 끊임없이 찾
아야 해. 가만히 있는데 기쁜 일이 찾아오지는 않으니까.
먼저 찾으러 나가는 길조차 피곤하게 느껴질 때가 있지만,
그래도 무언가를 계속해야지 변화도 있더라.

세상에는 슬플 일이 참 많아. 그래서 기뻐질 일을 찾
아 나서야 하는 이유도 있어. 널려있는 안 좋은 것들을 제
치고 어딘가에 드물게 있는 기쁨을 향해 가야 해. 그런 곳
을 찾는다면 잠깐 머물러도 괜찮아. 슬플 일이 많은 세상을

잠시 잊고 즐겨도 돼.

그곳에는 언제나 행복이 기다리고 있어. 슬플 일이 많은 세상에서 그 사실에만 집중한다면 더 고립될 거야. 그러니 마음이 아프거나 모든 게 어려운 날에도 기쁠 일을 찾아보자. 아주 사소한 거라도 말이야. 그 노력이 슬픈 일들 속에서 독립시켜줄지도 몰라.

사람 복이 많은 것 같다는 말을 꽤 들었고 어느 정도
는 동의했지만, 사람 때문에 힘들던 가끔은 아니라고도 생
각했다. 하지만 그 부정적인 생각 역시 그리 오래 머물지
않았다. 모든 게 돌고 도는 것처럼 사람도, 나에 대한 생각
도 그랬다. 그래서 힘들었고 또 그래서 다행이었다. 모든
것에 대한 이중성을 인정하며 나는 한층 성장해왔다.

바다가 보고 싶었고 나를 보고 싶어 하던 사람들과 떠
났다. 어디로 우리를 데려다줄지 몰라도 괜찮아서 계획조

차 세우지 않았다. 이어폰으로 숨죽여 들었던 노래가 좋아하는 사람들과 있는 공간에서 크게 울려 퍼질 때, 살아있고 싶었고 사라지고 싶었다. 내일이 막막하지만 지금이 좋아서 웃는 그 느낌에 취했다.

떠나면서 무언가를 찾는 일, 막연하지만 막연하지 않은 벅찬 감정들. 여행을 가서만 느끼고 발견할 수 있는 것들 안에서 나는 다시 사람 복이 많은 사람이 되어 있었다. 즉흥으로 떠날 수 있는 인연들에 고맙고, 마주한 풍경들이 황홀해서 자연에 무작정 감사했다.

괜찮아지기 위해 괜찮은 사람들과 떠났다가 돌아오니 바라는 게 사라졌다. 이제는 그냥 잘 살면 될 것 같다. 다시 주어진 일상에 맞춰 살아가며 내 할 일을 제대로 하면서. 또 다음 여행을 기약하며 힘을 내서 사는 거다. 그럴 자격도, 자신도 있고 사람 복도 있는 사람이니까.

오후 3시 태양의 눈부심을, 저녁 7시 노을의 벅참을, 새벽 2시 달빛의 쓸쓸함을 알고 있다. 할머니와 로또에 당첨되면 하고 싶은 걸 이야기하는 즐거움을 알고, 좋아하는 사람들과 먹는 끼니의 소중함을 안다. 힘든 하루의 끝에 누군가와 부딪히는 술잔의 위로를 알고, 춥지도 덥지도 않은 계절 저녁 공기의 시원함을 안다. 현실에는 아름답지 않은 것도 많지만, 의외로 낭만적인 구석이 많기도 하다. 이점을 발견하려고 노력해야 세상이 그나마 아름다워 보이는 날도 있다. 아름답지 않은 것까지 그렇게 생각해보려고 노력해야 살아질 것 같은 날들도 있다.

창문을 열어두고 식사를 했을 때 춥지도 덥지도 않은 날씨를 좋아하고, 사계절의 아름다움이 있는 우리나라를 좋아하고, 마음에 환기가 필요할 때 선선하게 불어오는 바람을 좋아한다. 오랫동안 좋아하던 가수의 앨범에 수록된 노래들을 좋아하고, 나를 믿고 좋아해 주는 사람들과 이야기를 나눌 수 있는 시간을 좋아하고, 하루하루 흘러가는 날짜를 원망하지 않으며 열심히 살고자 노력하는 나를 좋아한다. 때로는 너무 바쁘고 힘이 들어서 좋아하는 걸 나열해 볼 생각조차 못 하지만 그래도 우리는 참 많은 걸 이미 좋아하며 살고 있다.

일상의 불편함에 가려져서 생각하지 못했던 좋아하는 것과 구석구석 살고 있는 낭만을 떠올려 보면 마음이 따뜻해진다. '그래, 사실 나는 너무도 많은 걸 좋아하고 있었어.' 그런 생각과 함께 미워하고 있던 것들에 대해 마음이 사르르 풀린다. 그러니 세상에 대해 삐졌을 때는 좋아하는 것들을 떠올려보자. 너무도 많은 것을 좋아하고 있는 자신에 대해 나열해서 적어보자. 그러면 세상에 삐진 마음이 조금은 풀리기 마련이다.

어쩌면 스스로를 다독이는 건 그런 게 아닐까. 다시 손잡고 나아가자고, 좋아하는 것들이 담긴 물로 세수를 시켜주는 거다. 정신 차리자고 현실을 끼얹는 것보다 그게 더 효과가 좋다. 우리는 강해지기 위해 사는 게 아니라 살기 위해 강해지는 거니까. 가끔은 연약한 마음을 어루만져 줘야 한다. 그렇게 일상에서 좋아하는 것과 낭만을 찾는 일도 마음을 풀고 싶다는 뜻이다.

세상에는 미워할 것만 있는 게 아니라 그토록 좋아할 게 많이 있다고 스스로에게 알려주는 것, 그 가치 있는 일의 쓸모를 이제는 안다. 보고 듣고 느낄 수 있는 모든 걸 동원해서 상상까지 하고 나면 환기를 시킨 것처럼 금세 공기마저 쾌적하게 느껴진다. 우리는 마음이 깨질 듯한 상상도 할 수 있지만 그렇게 기분 좋은 상상도 할 수 있는 능력을 가지고 있다.

그러고 보면 얼마나 다행인가. 세상에 미워할 게 많은 것처럼 좋아할 것 또한 많다는 게. 스스로를 혼자인 것처럼 버려두지 않는 환경을 조성할 수 있다는 게. 우리는 우리가 좋아하는 분위기를 알고 있으니까, 세상에 삐졌을 때 풀 수 있는 낭만 있는 것들이 있으니까. 너무도 외롭거나 쓸쓸한 날, 마음을 풀 여유가 없다고 느낄 때 한 번씩 적어보자. 상상하는 것만으로 마음이 풀릴 수 있는 좋고 낭만 있는 것들에 대하여.

감출 게 많을수록 침묵하면 되는데 괜히 많은 말을 하게 된다. 그게 상황을 악화시키거나 관계를 망치기도 하는데 감출 게 많은 사람은 그걸 잠시 잊는다. 감출 게 많은 사람들은 멀리서 지켜보는 일을 못하며 뭐든 아주 가까이 눈앞에 대고 봐야 하고, 불안해서 뭐든 곁에 둬야 한다. 이제는 제법 그런 사람들이 잘 보인다. 무언에 대한 결핍인지 대화 몇 마디로 찾아내고 나면 그동안 왜 알아봐주는 사람이 없었을까 하는 생각이 든다. 관심을 갖고 지켜봐주는 사람이 있었다면 감추지 않는 사람이 되었을 텐데. 하긴, 지독하게 엇나가는 것을 보면서도 오랫동안 곁에 둘 수 있는 사람은 아마 가족밖에 없으리라. 어머니의 사랑 정도는 돼야 품어줄 수 있는 아픈 마음이었으리라 생각한다.

나는 보통 그래서 더 안타깝다. 가족도 품어주지 못한 마음을 가지고 사는, 기댈 곳 없이 절망이 일상의 언어인 사람. 시퍼렇게 멍이든 심장이 다시 선홍빛을 보일 때까지 지켜봐주는 사람이 있었으면 좋겠기에 아쉬운 마음이 든다. 그들은 주로 이런 마음 앞에 쉽게 무너지고 안기는데. 찰나의 호의와 따스함이 영원이었으면 해서 둥지를 틀기 마련인데. 그들을 위해 바람에 흔들리는 촛불이 꺼지지 않게 조심조심 안전한 곳으로 옮기는 작업을 한다. 위로를 주는 글을 쓴다는 건 마치 그런 일이다. 더 뜨겁게 타오를 무언가를 주지는 못해도, 꺼지지 말라고 아침이 올 때까지 지켜줄 수는 있다.

외로운 사람들이 더 많은 걸 감추려고 하면 그 모습 나름대로 속상하다. 침묵이 독이 될 거라는 생각이 아프다.

상담을 진행하다 보면 그런 사람들이 많고 그럴 때마다, 사람이 있었지만 아무도 없는 것 같았던 그 집에서 팥빙수에 넣을 얼음을 갈다가 울었던 내 중학생 시절이 떠오른다. 지독하게 외로운 순간을 함께 추억해주는 일, 또는 추억이 될 때까지 곁에 앉아 있어주는 일이 바로 상담이 아닐까. 나는 혼자 눈물을 닦았던 때가 많아서 누군가의 보이지도 않는 눈물을 걱정하는 습관이 생겼다. 이제는 물고기를 잡으려면 가만히 기다려야 하는 인내심도 알았고, 불안정하고 불완전한 스스로를 제대로 인정했지만, 여전히 그들을 위해 할 일이 있다.

나는 나보다 나를 부정적으로 생각하는 사람은 없다는 사실이 위로이자 상처였다. 그들도 그랬으면 한다. 그리고 그 긴 터널 안이 어떤 색으로 바뀌든, 무엇을 타고 건너든, 꼭 그곳에서 나와 빛을 봤으면 한다. 더는 억지로 감추려고 하지도 않고 내보이려고 하지 않으며, 사진 속 삐뚤어진 자신의 모습을 바로잡을 수 있으면 좋겠다. 그들이 내가 소망하는 대로 살아주길 바라는 것이 아니라 그저 온전한 마음으로 살길 바라는 것이다. 불어오는 바람의 온도를 춥지 않게 느꼈으면, 아름답지 않은 것도 아름다운 눈으로 바라봤으면, 모든 걸 거스를 수 있고 또 모든 걸 건너뛰게 만드는 게 사랑이라는 것을 알았으면.

억지스러운 세상을 가끔은 흥얼거리며 볼 수 있을 때까지 그들의 편에 서있을 거다. 글을 쓰기로 다짐한 후로 줄곧 그랬다. 어떤 생도 가볍지 않지만, 그들이 진심으로 가벼워지길 원하는 사람이 쓰는 고백이다.

잃기만 하는 생은 없어요

얼마 전에는 마음이 너무 무거워서 바닥에 주저앉아 울었어요. 어떤 조그마한 외제차 뒤였죠. 내가 좋아하는 친구는 옆에서 함께 주저앉아 울어주더군요. 그리고 그날 내가 씻고 잠자리에 누울 때까지 지켜보다가 집으로 돌아갔어요. 잠을 설쳤지만 웬일인지 다음 날 마음이 한결 가벼워졌더라고요. 더 많은 걸 안으려면 마음에 안고 있던 걸 한 번씩 전부 쏟아 버려야 해요. 그래야 또 다른 걸 안고, 품고 갈 수 있으니까요. 그날 쏟아버린 것은 아마 나를 미워하던 마음, 무기력, 서러움, 그런 거였겠죠.

우리는 평소에 너무도 많은 걸 느끼고 살아가요. 어떤 걸 고르고 거를지 따져볼 틈도 없이 몸도 마음도 더 바쁘게 움직이라고 재촉하죠. 그러다가 한 번씩은 더 이상 참기 힘들다는 걸 알고 터뜨리는 거예요. 진작 이래야 했다면서 서럽게 쏟아내는 거예요. 그리고 또 다음 날 아무렇지 않게 출근을 하거나 학교를 가거나 공부를 하거나 사람을 만나죠. 지난밤에는 아무 일도 없었다는 듯이요. 그리고 그날 밤을 기록할 때에 울었다고 쓰지 않으면 아무도 몰라요. 하지만 자신만은 알죠. 그날 참고 있던 많은 것을 쏟아내고 조금은 괜찮아졌다는 걸요.

참 어렵고도 힘든 일이에요. 우리의 생을 사랑하는 것도, 사랑하지 않는 것도요. 출구가 어딘지 몰라서 매일 수많은 방문을 열었다가 닫으며 실망해야 해요. 그래도 실망한 마음 감추며 조금의 희망을 품고 다른 곳의 문을 두드려야 하고요. 참고 있던 것을 터뜨리고 나서도 마음 어딘가에 있는 잔해들을 수습하는 시간이 필요해요. 아주 오랜 시간에 걸쳐 그 과정을 포기하지 않고 해나가야 하는 게 삶이겠죠.

좀 더 멍청해지면 어떨까요. 그 모든 이유들을 다 잊어보면 어떨까요. 잠시 잠깐만 아무것도 느끼지 않으면 어떨까요. 그 무엇에도 집중하지 않는다면 어떻겠어요. 늘 똑똑한 사람일 필요는 없어요. 똑부러지는 사람에서 똑 부러지는 사람이 될 수 있어요. 어떤 것도 가지지 않음으로 모든 걸 가질 수 있는 기분을 느끼게 될 거예요.

그렇다면 사랑은 무엇일까요. 어쩌면 사랑은 정말 모든 것이었다가 아무것도 아닐 수도 있겠어요. 그러니 무용한 것들 중에 차라리 별과 달을 사랑해봐요. 사람은 사람을 사랑하게 되어있지만, 멍청해지기로 다짐했을 때는 사람이 아닌 나머지 모든 걸 사랑할 필요가 있어요. 그렇게 지내다 보면 다시 무엇이든 사랑하게 될 거예요. 사랑하려고 하지 않아도 어느새 모아진 애틋함으로 그렇게 되어 있을 거예요.

버리고 다독이며 나아가는 건 어려운 일이죠. 하지만 할 수 있어요. 우리에게는 그렇게 다시 삶을 잘 이어나갈 재주가 있어요. 어디에서든 길이 있고 방법도 있더라고요.

가끔은 잊는 것으로 있어봐요, 지금에. 너무 많은 걸 안고 있다고 느낄 땐 할 수 있는 한 최선을 다해서 버려보기도 해요. 잃기만 하는 생은 없어요.

내 마음은 왜 이렇게 물러 터졌을까 생각해본 적이 있을 거다. 좀 더 단단한 마음이면 좋겠는데, 약해빠진 스스로가 별로처럼 느껴져서 온종일 마음을 쓸어본 적이. 그렇게 따뜻한 손으로 심장 주위를 다독여봐도 여전히 차가울 때 우리에게는, 마음을 섬세하게 살펴봐 줄 사람이 필요한 게 아닐까. 여리고 무른 마음이 더 흐트러져 구르고 형체를 알아볼 수 없게 되지 않도록 애써줄 사람 말이다.

그러니 작은 것 하나에도 상처받기 쉬울 때일수록 곁

에 따뜻한 사람을 두자. 아픈 마음을 가지고 동동거릴 때, 아주 작고 따뜻한 호의를 건네줄 수 있는 사람에게 마음의 문을 열어주자. 여린 마음을 단단하게 만드는 것은 그다음이어도 좋다. 누군가에게 내보이는 게 치유 받는 시간일 수 있도록, 지켜볼 시간을 주자. 여린 마음에 싹도 나고 꽃도 필 때까지 함께 물을 주자.

'바로 앞 언덕 위에서 끝없는 수평선을 꼭 보고 가세요.' 오르막길 위에 있어서 힘들었던 숙소의 문 앞에는 그렇게 적혀있었다. 끝없는 수평선이 있는 바다로 도망을 왔다. 무거운 마음을 내려놓으려고, 무거운 짐을 메고 말이다. 밤에는 와인을 마셨다. 그리고 일어나서는 해산물이 들어간 요리들을 먹고 해변을 걸었다. 살이 탈 것 같은 날씨였지만 발에 느껴지는 모래의 느낌이 좋았고 철썩거리는 파도 소리가 듣기 좋았다. 예쁜 조개껍데기를 한 움큼 주워서 하트 모양도 만들었다. 글씨도 쓰려다가 한 글자를 적고 그냥 포기했다. 그곳에서는 마음이 내키는 일만 하고 싶었다.


오묘한 바다의 색은 마음에 있는 안개를 걷어준다. 그리고 안개가 걷힌 곳의 풍경은 황홀하다. 무엇 때문이었을까. 때로는 아무리 생각해도 알 수 없는 것들이 있다. 이곳으로 도망을 온 이유도, 도망이라고 표현한 이유도 모두 바다를 떠나 집으로 돌아가야만 알 것 같다. 그래서 지금은 그저 이곳에, 눈앞에 있는 바다에 집중한다. 이곳을 떠나고 나면 이곳에 무엇을 남겼는지도 알게 될 것이다. 그리고 나는 그 사실을 마음에 담고 눈과 사진에 담아온 풍경을 자기 전에 다시 한 번 떠올릴 것이다.


참으로 자연스럽다. 도망을 와보니, 요즘 너무도 부자연스러운 것들 사이에서 살았다는 게 느껴진다. 그렇다면 자유가 그리웠던 걸까. 이제는 여름이 오는데 나는 또 그 계절을 따라가지 못하고 있다는 생각도 들었다. 떠나갈 때쯤에 적응을 하는 게 지겨울 때가 있다. 모든 속도에 맞출 수 없는 게 사람이라는 것을 알면서, 원망하기 쉬운 건 늘 자신이 된다. 바닷바람, 파도 소리, 바다의 향이 배인 바람, 풀들의 소리까지 모두 너무도 자연스럽다. 부자연스러웠던 내 마음을 사르르 녹이기에 충분하다.

바다에 갈 때마다 아빠는 소라껍데기나 조개껍데기, 영롱한 색의 돌을 주워 왔었다. 나는 그걸 보면서 아빠가 바다에서 나를 주려고 조개에서 흙을 터는 모습을 상상했었다. 그것에 영감을 받아서 바다에 다녀오면 꼭 마음에 드는 것을 주워와 조그마한 비닐에 담고 겉에 바다의 이름을 적어둔다. 좋아하는 사람에게는 하나씩 꺼내서 선물로 주기도 한다. '그때 그곳에 함께 있지 못했지만 이건 그때에 있던 거야.'라고 말할 수 있는 게 좋다. 이제는 바다와 관련된 따뜻한 일을 생각해보면 가장 먼저 떠오른다.

여행에 늘 피곤함은 동반되지만, 그걸 뛰어넘어 후유증이 남을 정도의 행복도 느낄 수 있다. 그리고 그 기억과 추억으로 또 다음 날을 살아갈 수 있다. 내 방에 있는 여러 바다들을 가끔씩 꺼내보며 다음 바다를 볼 수 있을 때까지 버티는 것이다. 그리고는 삶이 부자연스럽다고 느낄 때 바다로 도망을 가면 된다. 마음을 환기시키기에, 이제는 바다만큼 좋은 게 없다는 것을 안다. 창문을 열 듯 마음도 활짝 열고, 가끔은 바다로 도망을 가자. 버릴 것은 버리고 가져갈 것은 가져가는 것으로 우리를 챙기자.

우리는 자주 다음 생을 말하며 술잔을 부딪혔다. 서로의 옆모습에 대고 애정을 드러냈으며, 각자의 낭만을 존중해줬다. 서로에게 힘을 주려고 하지도, 에너지를 뺏으려고하지도 않았다. 그저 다음 생에도 우리는 친구이면 좋겠다는 말을 했다. 그러다가 직업 이야기가 나오자 내게 다음생에도 글을 쓰고 싶은지 물었다. 이번 생에 내내 연필이사라지도록 쓰고 다음 생에는 다른 직업을 갖고 싶다고 말하며 약간 머뭇거렸다. 당연하다. 아직은 이 직업을 가지고있는 것에 빛을 보지도, 만족을 하지도 못했으니. 연극배우가 되고 싶다는 말이 돌아와서 그럼 나는 뮤지컬 배우를 하겠다고 말하며 웃었다. 우리는 그때도 같은 분야를 좋아하며 더 잘하려고 애쓰는 사람으로 만나자는 뜻이었다. 그리고 내 그런 깊은 뜻마저 알아줄 것 같은 사람이다.

　나는 그런 사람을 마음의 결이 비슷한 사람이라고 부른다. 마음은 생각에서 나오니까 생각의 결이 비슷한 사람이라고도 할 수 있겠다. 그런 사람이 내게 오는 것은 축복 같다. 다음 생을 또 살아보고 싶다고 말하라는 부추김 같다. 종종 그런 사람들의 곁에 있을 때 내가 얻는 안정감에 벅찰 때가 있다. 외로운 밤에 아슬아슬하게 기대는 것이 아니라, 진짜 사람에게 기댄다는 것이 뭔지 알 것 같은 느낌이다. 그리고 그들의 생이 부서지거나 모조리 떨어지고 있을 때 힘이 없는 내가 그 어떤 끄트머리라도 잡아주고 싶다는 생각을 한다. 그것에 고마워하지 않아도 되니까 살아있어만 달라고 부탁하고 싶다. 이번 생을 나쁘지 않게 살다가 다음 생에 다시 인간으로 환생하자고.

아니, 나는 인간으로 환생하지 않아도 될 것 같다. 가끔 그런 생각도 한다. 그들이 애타게 찾는 집, 바다, 주변의 꽃으로 태어나도 좋겠다고. 그것도 내게는 아주 어렵게 다시 태어나는 일이라고. 마음의 결이 닿는 느낌이 살결이 닿는 것보다 훨씬 황홀했다고 말하지 않아도 알 수 있는 사람들이다. 그러니 그 보답으로 나는 그것까지 할 수 있다고 말하고 싶었다. 함께 높은 곳으로 올라가자고 말해주는 사람들, 설령 내가 혼자 낮은 곳에 있어도 상관없어할 사람들. 지금은 그런 사람들 덕분에 살고 있다. 내가 피어나지 않고 추락만 하더라도 생에 의미를 부여해 주는 마음이 고마워서 자꾸 그 결에 살결을 맞대듯 한다.

사는 내내 함께 의지하고 살라며 보내주신 마음에 감사를 표한다. 그리고 나는 이번 생에 옷깃을 스쳐 지나간 인연들에게도 감사하다. 살아있는 것에 이유를 찾지 못하고 통증만을 느낄 때 그래도 더 살아보라며 보내준 신의 호의에 보답하는 마음으로 열심히 쓴다. 연필로 쓰다 못해 내 몸이 연필이 되어 부러지지 않고 사라질 때까지 쓰고 싶다. 그리고 내 삶에 있어주는 그 마음을 결대로 쓰다듬어주며 부서지는 생의 조각들을 맞추고 싶다. 가끔은 아픈 일인 듯, 단순한 퍼즐 놀이인 듯 그렇게 말이다. 진지하게, 웃기게 또는 아프고 눈물 나게. 살아있으니 모든 걸 함께 느끼자고, 같이 살자고, 자주 뜨거웠다가 무기력해지는 이 여름 내내 고백해야겠다.

우리는 모두 외로운 사람들이기에

1판 1쇄 펴낸날 2022년 4월 29일

지은이 나겨울

책만듦이 김미정  책꾸밈이 홍규선

펴낸곳 채륜서  펴낸이 서채윤
신고 2011년 9월 5일(제2011-43호)
주소 서울시 광진구 자양로 214, 2층(구의동)
대표전화 1811.1488  팩스 02.6442.9442
E-mail book@chaeryun.com  Homepage www.chaeryun.com

책값은 뒤표지에 있습니다.
ISBN 979-11-85401-69-0 03810

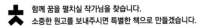

**함께 꿈을 펼치실 작가님을 찾습니다.**
**소중한 원고를 보내주시면 특별한 책으로 만들겠습니다.**

채륜(인문·사회), 채륜서(문학), 띠움(과학·예술)은 함께 자라는 나무입니다.
물과 햇빛이 되어주시면 편하게 쉴 수 있는 그늘을 만들어 드리겠습니다.